Celia Rees

Der Herr der Stürme

Celia Rees

Der Herr der Stürme

Aus dem Englischen von
Alexandra Ernst

Urachhaus

Für Rhys, Joan und Roy

Die englische Originalausgabe erschien 2000 unter dem Titel *The Cunning Man* bei Scholastic Children's Books, London.

ISBN 3-8251-7376-3

In neuer Rechtschreibung
Erschienen 2002 im Verlag Urachhaus

Umschlagillustration: Scholastic Children's Books, London
Umschlaggestaltung: U. Weismann
Gesamtherstellung: Clausen & Bosse, Leck

1

Es war nicht immer derselbe Traum, doch er hatte immer denselben Anfang.

Sie sind auf dem Weg zum Strand: Finn, ihre Brüder Conn und Aidan, ihre Mum und ihr Dad. Ein fröhlicher Familienausflug. Damals, als es noch fröhliche Familienausflüge gab. Das Wetter ist herrlich. Die Sonne scheint und der Strand ist überfüllt: schreiende Kinder, die in die Wellen springen und im Wasser hin und her toben. Sie spielen, lachen und rufen laut. Alles ist wunderbar, der Tag scheint vollkommen zu sein – am Anfang.

Aber selbst in diesen Momenten nagt der Zweifel an Finn. Irgendetwas an diesem Strand lässt ihr keine Ruhe. Er fällt steil zum Meer ab und in seinem Rücken kauern hohe Felsen mit lockerem Geröll. Der feste Sand ist von tiefen Rissen und Spalten durchzogen, wie Kanäle winden sie sich durch die Haufen von Felsbrocken, die wie die durcheinander geworfenen Bauklötzchen eines Riesen wirken. Dieser Strand scheint keine für Menschen begreifbare Dimension zu haben. Er ist zu groß, zu tief, und die Menschen sind viel zu klein.

Die Unruhe in Finn wächst ständig, sickert zunächst nur langsam in sie ein, bis sie sich in einen reißenden Strom verwandelt. An diesem Punkt will Finn laut schreien, will alle um sie herum warnen, dass etwas Schreckliches geschehen wird. Aber sie sagt nichts. Im Traum sagt sie nichts. Sie läuft einfach weiter hinter ihrer Familie her, auf der Suche nach einem geeigneten Liegeplatz.

Sie wandern durch die Bodensenken und über die Hügel des harten, nassen Sandes, beladen mit Taschen und Liegestühlen, einem Picknickkorb und Spielzeug. Finn kann das Meer nicht sehen, hört es nur: ein dumpfes, weit entferntes Dröhnen. Plötzlich, aus heiterem Himmel, wird ihr übel. Sie schmeckt Salzwasser, das sich wie ein dicker Belag in ihrer Kehle ausbreitet, wie eine Ahnung dessen, was ihnen bevorsteht. Das Dröhnen hört auf. Stattdessen hört man das leise, melodische Klicken der Kiesel, über die das Wasser sich zurückzieht.

Das Geräusch dauert an. Lange. Zu lange. Die Menschen schauen auf, blicken um sich, als spürten sie, dass etwas nicht stimmt. Dann sehen sie es. Einige fangen an wild zu gestikulieren, andere deuten mit dem Finger darauf. Fröhliches Strandgelächter verwandelt sich in panische Schreie, während die riesige Welle höher und immer höher steigt. Ein paar Badende rennen ihr entgegen, glauben immer noch an ein Spiel, und springen direkt in die Wassermassen hinein, die über ihnen zusammenschlagen. Für sie gibt es kein Zurück mehr. Sie werden herumgewirbelt, hilflos und ohne Orientierung, zurückgeworfen und vorwärts über die Felsen und das Geröll geschleudert, in Stücke gerissen durch die Kraft des Wassers. Denn dies ist kein gewöhnlicher Seegang. Dies ist ein Tsunami, eine Flutwelle.

Sand und Kies, vom Strand weggesaugt, wirbeln in der grünlichen, gläsernen Wand umher und trüben den kochenden Schaum, der von der Welle donnernd vorangetrieben wird. Und immer dieses Geräusch: das tosende, explosionsartige Dröhnen, wie eine Druckwelle im Innern des eigenen Schädels. Der langsame, unheimliche Rückwärtssog, das gedämpfte Aufeinanderschlagen von Stein auf Stein, als Felsbrocken von der Größe eines Kombiwagens überrollt und zerschmettert werden.

Alle rennen jetzt durcheinander, rennen um ihr Leben. Hab und Gut sind vergessen. Kinder weinen und Babys schreien in dem kreischenden Chaos, in dem jeder versucht der mörderischen See zu entkommen. Aber wie schnell sie auch rennen, das Meer ist schneller: schneller als die Menschen, schneller als ein Pferd galoppieren

kann, schneller als jeder Schnellzug. Und jedes Mal, wenn auf den Aufprall der langsame Sog zurück in den Ozean erfolgt, sind die Illusionen unzähliger Menschen, sie könnten dieser Alptraumwelle entfliehen, erloschen.
Auch Finn rennt los. Sie läuft so schnell sie nur kann. Manchmal sind ihre Beine ganz kurz, so als wäre sie noch klein. Manchmal sind sie lang und geschmeidig, so wie sie jetzt in Wirklichkeit sind. Doch lang oder kurz – es gibt kein Entkommen. Sie schaut von einer Seite zur anderen auf der Suche nach ihrer Mutter, ihrem Vater, Conn und Aidie, aber in ihrer Nähe befindet sich niemand, den sie kennt. Sie wird inmitten von fremden Menschen sterben. Vor ihr türmt sich die Felswand auf, hinter ihr die See.
Sie sieht die letzte Welle nicht, doch sie spürt sie, wie sie über ihr lauert, so riesig wie ein Wolkenkratzer. Sie wirft ihren Kopf in den Nacken und will schreien, doch ihr Todesschrei verliert sich in der niederstürzenden Brandung. Salzwasser strömt in ihren Mund und fließt ihren Rachen hinab. Sie würgt und keucht. Dann nichts mehr. In dunklen Seetang gewickelt treibt sie in der gläsernen Wasserwand; ihre hellen Haare schweben.
Die Flut kehrt zurück, rosig schäumend, blutverschmiert und besudelt. Auf seiner gesamten Länge ist der Strand menschenleer.

Der Traum endet immer gleich. Finn liegt da, unfähig sich zu bewegen, gefangen in einem Zustand zwischen Wachen und Schlaf, als ob man ihr ein Betäubungsmittel verabreicht hätte. Ihr Geist ist hellwach, ihre Augen sind geöffnet, aber ihr Körper befindet sich in einer Art Leichenstarre. Ihre Glieder sind wie eingefroren und unbrauchbar, ihr Mund weit geöffnet zu einem stummen Schrei.

2

Am Morgen wusste Finn, dass sie wieder den Traum gehabt hatte. Sie erwachte mit jenem pelzigen Salzgeschmack in ihrem Mund und fühlte sich ausgelaugt. Ihr Kopf schmerzte leicht, wie nach einer heftigen Migräne. Der Traum hatte sie seit Jahren nicht mehr heimgesucht, nicht mehr, seit ihr Vater die Familie verlassen hatte. Und heute wie damals wurde der Traum noch von etwas anderem begleitet, einer Art Vorahnung. Von einer beängstigenden Prophezeiung drohenden Unheils.

Sie lag eine Zeit lang still da und lauschte den Geräuschen, die ihr vertraut und doch zugleich fremd waren: das Rauschen der Wellen an einer Küste. Dies war nicht das tiefe, dumpfe Dröhnen und Krachen, das ihr Übelkeit bereitete, wenn sie nur daran dachte. Dies war das sanfte, beruhigende Wispern der Brandung, die über den Sand gleitet. Sie entspannte sich ein wenig. Das Geräusch musste in ihren Schlaf eingedrungen sein und den Traum ausgelöst haben.

Finn stand auf und ging zum Fenster. Sie waren letzte Nacht angekommen, aber es war zu dunkel gewesen, um noch irgendetwas erkennen zu können. Es gab hier keine Straßenbeleuchtung. Das Anwesen, in dem sie untergebracht waren, hatte einen Namen: Das Salzhaus. Es stand abseits am Ende einer langen Straße. Letzte Nacht hatte der Mond nicht geschienen. Es waren keine Sterne zu sehen gewesen und auch keine tröstlich anmutenden Lichtpunkte der Stadtbeleuchtung. Finn hatte noch niemals eine solche Schwärze erlebt. Es war, als würde man in eine andere Welt eintreten. Sogar ihre Taschenlampen hatten nur schwach geleuchtet und sie hatten mit Mühe und Not gerade die Eingangstür finden können.

Jetzt war alles anders. Die Wolken der letzten Nacht hatten sich verzogen. Es war immer noch früh, doch die Luft war mild und versprach einen warmen, sonnigen Tag. Finn lehnte sich ihm entgegen. Ihre Arme ruhten auf dem steinigen Fenstersims. Mit allen Sinnen nahm sie ihre neue Umgebung in sich auf.

Unterhalb des Hauses befand sich ein kleiner Hafen. Sie konnte lediglich die Masten der Boote und ein Stück der Hafenmauer sehen. Rechts von ihr warf ein kleiner, mit Kiefern bewachsener Hügel seinen Schatten über das Haus, und auf der anderen Seite des Gebäudes gab es noch ein verwildertes Stück Garten. Dahinter erstreckte sich die See und spiegelte den Himmel in einem tiefen, südländischen Blau wider. An einer Stelle im Meer, weit draußen, brachen sich schäumend weiß die Wellen, sonst war die Wasseroberfläche fast bewegungslos. Die lange Kurve der Westwater-Bucht erstreckte sich scheinbar endlos und die Brandung sprudelte sanft in kleinen, sahnigen Wellen auf den breiten, flachen Strand.

Ein lautes Klingeln ließ Finn aufschrecken. Da war jemand an der Eingangstür. Das Klingeln hörte auf und begann dann von neuem, diesmal ausdauernder und hartnäckiger. Warum ging denn keiner hin? Wo waren die Jungs? Und wo war eigentlich Mum ...?

»Schon gut!«, schrie Finn nach unten, als das Klingeln ein drittes Mal einsetzte. »Ich komme! Ich komme ja schon!«

Ein verschwommenes Gesicht zeichnete sich hinter der gerippten Glasscheibe der Tür ab, die Finn mit einem Ruck aufzog.

»Hallo«, sagte sie. Sie öffnete die Tür nur bis zur Hälfte.

»Hi.« Der junge Mann trat einen Schritt zurück. »Ich bin Mike. Mike Treherne.« Er grinste. Die gebräunte Haut um seine hellblauen Augen legte sich in kleine Fältchen. »Ich bin wegen der Arbeit hier«, sagte er mit einem fragenden Unterton in der Stimme. Seine Augenbrauen waren hellblond, fast weiß gebleicht, wie eine Laune der Natur. Unter einer Baseballmütze schauten in dicken Strähnen helle Ponyfransen hervor. »Kann ich mit deiner Mutter sprechen?«

Finn musterte ihn von oben bis unten. Er war groß, fast einen Meter achtzig, schätzte sie, muskulös und braun gebrannt. Er trug ein ausgeleiertes und ausgebleichtes Surfer-T-Shirt. Die ausgebeulten Jeans, fast völlig farblos und ausgefranst durch jahrelange Abnutzung, waren ihm auf die Hüften gerutscht. Er hatte keine Socken an und die schweren Arbeitsstiefel, in denen die Schnürsenkel fehlten, waren alt und rissig und an den Kappen so zerschrammt und angestoßen, dass das Leder weiß geworden war.

Auch er musterte sie interessiert. Finn wandte sich ab, denn ihr wurde gerade bewusst, dass sie nichts außer dem T-Shirt am Leib hatte, in dem sie geschlafen hatte.

»Mu-um!«, schrie sie ins Haus hinein. »Da ist ein ...« Sie zögerte, weil sie sich nicht sicher war, ob sie ihn als Mann bezeichnen sollte. Sie schätzte ihn auf etwa siebzehn oder achtzehn. Älter als sie, aber noch nicht wirklich ein Mann, obwohl sein Körperbau und der feine goldene Flaum auf seinem Kinn darauf hindeutete, dass er auch kein Junge mehr war. Sie überlegte kurz, wie sie ihren Satz formulieren sollte. »Da ist jemand, der dich sprechen will!«

Es kam keine Antwort. Schweigend starrten sie einander an.

»Ich schau mal nach, wo sie ist«, sagte Finn und zog ihr T-Shirt vorne nach unten. »Warte einen Moment.«

Sie ließ ihn auf der Türschwelle stehen und ging in die Küche.

Ihre Brüder saßen am Frühstückstisch und hatten den Mund voller Müsli.

»Wo ist Mum?«, wollte Finn wissen. »Und warum hat keiner von euch die Tür aufgemacht?«

»Wir wussten ja nicht, wer es war«, erwiderte Aidan und schlürfte einen Löffel Milch.

»Na und? Du hättest trotzdem aufmachen können. Du bist schließlich dreizehn, nicht drei. Was hast du gedacht, wer draußen steht? Frankensteins Monster?«

»Hätte doch sein können.« Aidan tat so, als würde er die Möglich-

keit einen Moment lang in Betracht ziehen, dann schüttelte er den Kopf. »Nein, unmöglich. Du warst ja oben in deinem Zimmer.«
Aidan grinste sie von unten her an. Seine braunen Augen glitzerten. Conn prustete und spuckte Milch und Cornflakes über den ganzen Tisch. Er war drei Jahre jünger als sein Bruder und eine Miniaturausgabe des Älteren. Sie sahen fast aus wie Zwillinge, wie sie sich vor Lachen krümmten, während die kupferfarbenen Stoppeln ihrer Igelfrisuren keck nach oben stachen.
»Wo ist Mum?«, fragte Finn noch einmal.
»Spazieren gegangen.«
»Hat sie ihren Zeichenblock mitgenommen?«
»Woher soll ich das wissen?« Conn tauchte seinen Löffel in die Cornflakes.
»Na klasse!« Finn blickte zur Decke und rollte mit den Augen. »Vielleicht bleibt sie den ganzen Morgen weg. Was soll ich jetzt bloß mit dem Typ machen?«
»Was für ein Typ?«
»Der vor der Haustür steht. Er sagt, er kommt wegen der Arbeit oder sowas Ähnliches. Weiß einer von euch was darüber?«
Conn schüttelte den Kopf.
»Am Kühlschrank klebt ein Zettel«, informierte Aidan sie. »Wahrscheinlich von Tante Carole.«
Tante Carole war die Schwester ihrer Mutter. Sie hatte sie hierher eingeladen. Das Haus gehörte ihr.
Finn ging zum Kühlschrank und zog den Zettel unter einem Magnetpin hervor.
»›Ich habe einen Mann gebeten, sich um die Arbeit zu kümmern‹«, las sie. »›Mr Treherne.‹ *Mr* Treherne!« Finn schnaubte. »Ich finde nicht, dass er wie ein Mister aussieht. Genau genommen scheint er kaum älter als ihr beiden und wahrscheinlich genauso nutzlos …«
Conn lachte und präsentierte seinen Mund voller Cornflakes. Aidan grinste.

»Ich würde nicht weiterreden, wenn ich du wäre«, sagte er.
»Und warum nicht?«, fragte Finn.
»Weil er nicht länger vor der Haustür steht.«
»Oh, he.« Sie fuhr herum und sah Mike Treherne, der gerade in die Küche trat. »Entschuldigung. Ich wollte nicht …« Sie ließ den Satz unvollendet und merkte, wie sie rot wurde.
»Mr Treherne ist mein Onkel«, erklärte der Junge, dessen Mundwinkel angesichts ihrer wachsenden Verlegenheit zuckten. »Tut mir Leid, dich zu enttäuschen. Könntest du vielleicht mit mir vorlieb nehmen?«
»Ja, natürlich …« Finns Wangen wurden noch heißer. »Würde bitte einer von euch nachsehen, wo Mum steckt?« Ihre Brüder nickten, machten jedoch keine Anstalten aufzustehen. »Alles klar. Okay. Ich werde gehen. Ich ziehe mir nur etwas an. Bin sofort wieder da.«
Finn lief den Flur entlang, begleitet von fröhlichem Gelächter. Möglicherweise waren es nur Conn und Aidan, aber sie war sich fast sicher, dass sie auch eine tiefere Stimme heraushörte. Das Blut pochte in ihrem Gesicht, während sie die Treppe hinaufging. Oben angekommen hielt sie einen Moment inne und lehnte ihre Wange gegen den kühlen Geländerpfosten. Gleichzeitig versuchte sie zu lauschen, ob die drei da unten in der Küche über sie sprachen, und sie fragte sich, warum sie sich so gedemütigt fühlte.

Als sie wieder zurückkam, ordentlich bekleidet mit einer Bluse und Jeans, hatte Mike Treherne es sich bereits gemütlich gemacht. Er saß am Küchentisch, vor sich eine Tasse Kaffee, und redete über Fußball.
»Seid ihr auf Urlaub hier?«, fragte er, als sie hereinkam.
»Sowas in der Art.« Sie stellte den Wasserkocher wieder an. »Wir bleiben den ganzen Sommer hier. Wir passen auf das Haus auf. Es gehört meiner Tante.«
»Aha.« Er streckte seine langen Beine aus und räkelte sich im Stuhl. »Nur ihr drei und eure Mutter, was?«

»Ja.« Finn löffelte Kaffeepulver in eine Tasse.
»Kommt euer Dad nach?«
Niemand antwortete. Die beiden Jungen, die noch einen Augenblick vorher in ihre Milch geblubbert und geprustet hatten, waren plötzlich mucksmäuschenstill. Sogar Conn schwieg. Mike fing den Blick auf, den sie einander zuwarfen. Er bemerkte ihre Verlegenheit.
»Oh, tut mir Leid.« Er schaute zu Finn empor. »Hab ich was Falsches gesagt?«
»Nein, eigentlich nicht.« Finn goss kochendes Wasser über das Kaffeepulver. »Er lebt nur nicht mehr mit uns zusammen. Das ist alles.«
»Das ist auch der Grund, warum wir hier sind«, murrte Aidan. »Wir sind ein Fall für die Wohlfahrt, weil wir uns keinen richtigen Urlaub leisten können.«
Finn schoss ihm einen warnenden Blick zu. Wieder legte sich ein ungemütliches Schweigen über die Küche.
»Meine Mutter ist im Moment nicht da.« Finn goss Milch in ihren Kaffee. »Ich habe wirklich keine Ahnung, wann sie zurückkommen wird …«
»Ja, natürlich.«
Mike Treherne stand auf. Er war entlassen. Touristen. Sie waren doch alle gleich. Besonders die Engländer. Kommen in den Ferien hierher und meinen, dass alles ihnen gehört. Meistens stimmte das ja auch, wie auch im Falle des Hauses, in dem er sich gerade befand.
»Danke für den Kaffee. Richte bitte deiner Mutter aus, dass ich da war.«
»Sicher«, sagte Finn und machte Anstalten, ihn zur Haustür zu begleiten. »Und wann, meinst du, dürfen wir deinen *Onkel* erwarten?«
»Jederzeit.« Er erwiderte ihren Blick. Seine blauen Augen waren genauso kalt wie ihre. Sie hatte ihm eine deutliche Abfuhr erteilt und das konnte er nicht auf sich sitzen lassen. »Am Nachmittag wird jemand wegen der Arbeiten kommen. Ich finde selbst hinaus.«

Finn zuckte gleichgültig mit den Schultern und lehnte sich gegen den Küchenschrank, um ihren Kaffee zu trinken. Doch die beiden hatten die Rechnung ohne die Jungen gemacht.
»He! Ich dachte, wir wollten ein Spiel zusammen machen.« Conn hatte schon seinen Fußball in der Hand. »Wir könnten runter zum Strand gehen.«
»Mum hat's verboten«, sagte Aidan düster.
»Sie hat uns verboten im Meer zu schwimmen«, berichtigte Conn. »Wir dürfen nicht allein ins Wasser gehen. Aber das machen wir doch gar nicht. Wir wollen ja nicht unter Wasser Fußball spielen!«
»Nein.« Aidans Miene erhellte sich. »Du hast Recht.«
»Und überhaupt.« Conn warf den Ball hoch in die Luft und fing ihn wieder auf. »Das ist typisch Mum. Viel Lärm um nichts.«
»Das ist nicht wahr.« Finn runzelte die Stirn. »Manche Strände sind wirklich gefährlich. Hier gibt es wahrscheinlich nicht einmal einen Bademeister. Niemand, der euch hilft, wenn ihr in Schwierigkeiten geratet.«
»Aber *er* ist doch bei uns«, erklärte Conn mit der übertriebenen Nachsicht, die er ausschließlich für Erwachsene und ältere Schwestern reservierte. »Und, wie ich schon sagte, wir werden nicht ins Wasser gehen. Komm schon, Finn. Sei kein Spielverderber.«
»Ich bin sicher, dass *Mr* Treherne Besseres zu tun hat.«
»Ach bitte, nennt mich *Mike*. Das ist mir lieber«, sagte er zu den Jungen, mit der Gewissheit, dass sie sich darüber ärgern würde. Er hatte keine Ahnung, warum sie sich so feindselig verhielt, aber er wusste Gleiches mit Gleichem zu vergelten. »Ich wollte sowieso zum Strand gehen«, fügte er mit einem Lächeln hinzu. »Ich muss nach meinem Boot schauen.«
»Du hast ein Boot?« Conns Augen wurden riesengroß vor Bewunderung. Jetzt hatte er die beiden in der Tasche.
»Nur ein kleines Segelboot. Kein Grund zur Aufregung.« Mike grinste den Jungen an. »Ja, es liegt unten im Hafen.«

»Nimmst du uns mal mit raus?«, fragte Conn und ignorierte Finns gerunzelte Stirn.
Mike lachte. Sein Lachen war tief und musikalisch, genauso wie seine Stimme.
»Irgendwann einmal. Vielleicht. Kommt darauf an, was eure Mutter sagt. In der Zwischenzeit – wollt ihr nun Fußball spielen oder nicht?« Er riss Conn den Ball aus der Hand und war plötzlich wieder ein kleiner Junge von zehn Jahren. Er hielt den Ball in die Höhe und warf ihn von Hand zu Hand, während die beiden Jüngeren an ihm hochsprangen wie Hunde.
»Nicht in der Küche!«, brüllte Finn, aber niemand beachtete sie. Sie warfen sich den Ball zu und rannten lachend und schreiend zur Hintertür hinaus und hinunter zum Strand.
Jungs sind alle gleich, egal wie alt sie sind, und das traf ganz besonders auf Jungs wie Mike Treherne zu: große, sportliche Typen, die sich nur im Freien aufzuhalten schienen. Finn setzte sich an den Küchentisch, um ihren Kaffee zu trinken, und dachte, dass er all das personifizierte, was sie verabscheute. Sie bevorzugte hagere, düstere Streuner, die den Anschein machten, als würden sie sich nur bei Nacht aus ihrem Versteck trauen.

Ein plötzliches Geräusch von draußen ließ sie auffahren. Ihre Hand, die die Tasse hielt, zuckte zurück, und sie verschüttete etwas Kaffee. Sie schaute erschrocken auf. Im Windfang stand ihre Mutter und lächelte sie entschuldigend an. Die Tür zu der überdachten Veranda war viel heftiger zurückgeschwungen, als sie es beabsichtigt hatte, und war gegen die Wand geknallt und abgeprallt.
»Hallo, Mum. Wo warst du?«
»Nur unten im Dorf, um ein paar Einkäufe zu machen.« Maggie Logan stellte die blaue Plastiktüte auf den Küchentisch. »Entschuldige, wenn ich dich erschreckt habe.«
»Ich habe mir gerade Kaffee gemacht. Möchtest du auch eine Tasse?«

»Ja, gerne.« Maggie setzte sich und blies sich ein paar Haarsträhnen aus dem Gesicht. »Puh! Heute wird es heiß werden.«
Ihr blasses Gesicht glänzte und war mit einer leichten Röte überzogen. Sie war hellhäutig, wie ihre Tochter, aber ihre roten Haare waren einen Ton dunkler als Finns und ihre Augen leuchteten in einem intensiveren Grün.
»Wie ist das Dorf denn so?«
»Nichts Besonderes. Nur eine Kirche und ein paar Häuser. Dann selbstverständlich noch eine Kneipe und ein Lebensmittelladen, der auch die Post entgegennimmt. Es ist ganz hübsch, aber nicht kitschig. Mir gefällt's.«
»Hast du was gezeichnet?«, fragte Finn.
Ihre Mutter war Künstlerin, verbrachte allerdings die meiste Zeit des Jahres damit, an einer Hochschule zu unterrichten, ein Job, der sie so auslaugte, dass sie kaum noch eigene Arbeiten zustande brachte. Einer der Gründe, warum sie hier waren, war Maggies Versuch, ihre Batterien wieder aufzuladen – wieder sie selbst zu werden.
Maggie schüttelte ihren Kopf und nahm die Kamera ab, die an einer Kordel um ihren Hals hing.
»Ich habe nur ein paar Schnappschüsse gemacht, aber ich habe schon jede Menge Ideen. Ich finde es wirklich schön hier. Was meinst du?«
Finn zuckte mit den Schultern. Es war noch zu früh für ein Urteil. Sie hatte den Verdacht, dass an diesem Trip mehr dran war als lediglich ein paar nette Urlaubswochen. Sie hatte gehört, wie ihre Mutter und Tante Carole über dieses Haus gesprochen hatten. Tante Carole hatte davon geschwärmt und ihre Mutter hatte neiderfüllt zugehört – ein Gefühl, das sie selten verspürte. Danach war sie tagelang merkwürdig still gewesen, als ob sie über etwas brütete. Schließlich hatte sie Tante Carole angerufen und gefragt, ob sie den Sommer über hier verbringen konnten.

»Es ist doch nur ein Urlaub, nicht wahr?« Finn zögerte und sprach dann weiter. »Du erwägst doch nicht etwa, hierher zu ziehen, oder?«
»Ich würde nichts tun, ohne es vorher mit dir und den Jungs zu besprechen, Finn. Das weißt du genau.« Sie warf einen Blick auf das Schlachtfeld auf dem Frühstückstisch und legte ihren Kopf zur Seite. »Wo sind die beiden eigentlich? Das Haus ist so verdächtig ruhig.«
»Sie sind unten am Strand.«
»Was?« Maggie schaute ihre Tochter entgeistert an.
»Ist schon in Ordnung. Sie sind nicht allein. Reg dich bloß nicht auf. Es passt jemand auf sie auf.«
»Wer?«
»Ein Typ namens Mike Treherne.«
»Du hast sie mit einem völlig Fremden losziehen lassen?« Der entsetzte Ausdruck auf Maggies Gesicht vertiefte sich. »Ich kann dich wohl keine fünf Minuten allein lassen. Der Mann könnte ein Kinderschänder sein! Ein Mörder oder was weiß ich was!«
»Er ist nicht direkt ein Fremder«, erwiderte Finn. »Und er ist auch kein Mann. Nicht wirklich. Er ist vielmehr ein Junge, so um die achtzehn, würde ich sagen. Er war wegen irgendwelcher Arbeiten hier, die Tante Carole erledigt haben wollte.«
Ihre Mutter entspannte sich sichtlich, während sie den Zettel las, den Finn ihr gab. Sie wickelte eine Strähne ihres Haars um einen Finger, das sie zwar wegen der Hitze zusammengebunden hatte, das sich aber nicht völlig bändigen ließ.
»Carole hat so etwas gesagt, als sie mir den Schlüssel gebracht hat«, sagte sie nach einem kurzen Moment. »Ich erinnere mich wieder.«
»Du warst nicht da und ich wusste nicht, was ich ihm sagen sollte. Er hat es vorgezogen mit den Jungs Fußball zu spielen, anstatt hier auf dich zu warten.«
»Nun, jetzt bin ich ja da. Geh doch bitte zum Strand und bring ihn her. Das Erste, was er reparieren kann, ist die Tür zum Windfang.«

Sie nickte in Richtung der mit einem Glasdach bedeckten Veranda vor der Küche. »Sie hängt nur noch an einem seidenen Faden in ihren Angeln und das Schloss ist auch kaputt.«

Finn lief den schmalen, steinigen Pfad entlang, der hinunter zum Strand führte. Die Sonne brannte, obwohl es noch früh war. Sie blinzelte in das helle, gleißende Licht hinein und wünschte, sie hätte an ihre Sonnenbrille gedacht.
Von hier unten wirkte alles ganz anders als von ihrem Schlafzimmerfenster aus. Es roch auch anders. Der kleine Hafen stank nach faulendem Seetang und uraltem Fisch. Es war gerade Ebbe und die Fischkutter und die Segelboote lagen gestrandet mit dem Kiel auf dicken Teppichen aus schwarzem Schlick. Überall gurgelte und blubberte das Wasser. Ein kleiner Fluss, der ihr vorher gar nicht aufgefallen war, bahnte sich seinen Weg durch den Schlamm und verteilte sich zwischen den Felsenklippen in schmale, glitzernde Fäden, während er über den Sand dem Meer entgegen strömte.
Sie schaute hinüber zum Strand, aber sie ging keinen Schritt weiter. Der Geruch von Salzwasser und Seetang ließ ihren Traum wieder lebendig werden, doch das war nicht der Grund für ihr Zögern. Jenes seltsame Gefühl überkam sie wieder: Ein Déjà-vu in Verbindung mit einer Art hellsichtiger Vorahnung. Finns Magen drehte sich um. Ihr wurde schwindelig und sie streckte die Hand aus, um nicht das Gleichgewicht zu verlieren. Sie hatte diesen Strand vor diesem Morgen noch nie zuvor gesehen, doch sie wusste instinktiv, dass hier etwas Schreckliches geschehen war.

3

Am Nachmittag war es Finn gelungen, sich selbst davon zu überzeugen, dass ihre Ängste lächerlich waren. Der Strand war nichts weiter als – ein Strand. Ihn nicht zu betreten war unmöglich. Schließlich waren sie im Urlaub.

Nach dem Mittagessen machte sie sich auf den Weg. Über die Schulter hatte sie sich ihr Badetuch, ihre Badematte und ihre Tasche geworfen, in der ein Buch, ihr Walkman und die Sonnenlotion steckten. Mit einem Blick auf die offene See erkannte sie, dass die Wellen, die langsam und gemächlich heranrollten, kaum einen halben Meter hoch waren, sehr zur Enttäuschung ihrer Brüder, die sich immer wieder in die Wogen stürzten, in der Hoffnung, auf den Wellen reiten zu können.

Ihre Mutter behielt sie im Auge, während sie auf der Hafenmauer saß und zeichnete. Finn winkte ihr auf ihrem Weg zum Strand zu und richtete dann ihre Aufmerksamkeit auf die Suche nach einem trockenen Fleckchen Sand, so weit wie möglich vom Meer entfernt. Sie rollte ihre Matte aus, legte ihr Badetuch darüber und fing an, sich mit der Sonnenlotion, die einen hohen Lichtschutzfaktor besaß, einzureiben. Ihr rotgoldenes Haar hatte ihr eine blasse Haut beschert und sie wurde niemals richtig braun, sondern bekam höchstens einen Hauch Farbe – wenn sie Glück hatte. Wenn sie allerdings Pech hatte, verbrannte sie sich die Haut, die sich dann in Fetzen schälte – keine besonders angenehmen Aussichten. Das wollte sie unter allen Umständen vermeiden. Noch dazu, weil ein Junge wie Mike Treherne ein solches Missgeschick ganz bestimmt zum Schreien komisch fand. Und das nur, weil ihm sowas nie passieren konnte,

obwohl sie nicht verstand, warum das so war. Schließlich hatte er blonde Haare und blaue Augen. Aber, wie ihre Mutter oft sagte, wer hat denn behauptet, dass das Leben gerecht war?
Sie überlegte, ob sie ein paar Seiten lesen sollte, legte sich aber stattdessen hin und setzte ihre Sonnenbrille ab, um weiße Ränder um die Augen zu vermeiden. Sie hatte letzte Nacht schlecht geschlafen und so kam es, dass die Rufe und das Gelächter ihrer Brüder sich schon bald mit den Schreien der Möwen vermischte und dann in der Dunkelheit des Schlafes verklang.
Sie wachte abrupt auf und merkte, dass ein Schatten auf sie fiel.
»He!«
Finn setzte sich rasch auf. Ihre heiße Haut zog sich zusammen, als kalte Tropfen auf sie niederregneten. Ihrer Brüder tollten um sie herum und wieherten vor Gelächter, während sie sie nass spritzten. Ihre Haare glänzten dunkel und standen tropfend nach allen Seiten ab.
»Macht, dass ihr wegkommt!« Finn warf ihnen einen wütenden Blick zu und schnappte sich ihr Handtuch als Waffe.
»Komm mit, Finn«, grinste Aidan. »Wir haben was Tolles gefunden.«
»Kein Interesse.« Finn machte Anstalten, sich umzudrehen. »Geht spielen und lasst mich in Ruhe.«
»Ach, komm schon.« Conns Grinsen wurde noch breiter. Man konnte die Lücke zwischen seinen Schneidezähnen sehen. »Wenn nicht, dann ...«
»Was dann?« Finn blickte auf, gerade rechtzeitig, um den Eimer zu sehen, mit dem Aidan gerade schwungvoll ausholte. Sie rollte sich so schnell sie nur konnte zur Seite, war aber nicht schnell genug. Der Atem stockte ihr, als das eisige Wasser in einem Schwall ihren Rücken traf.
»Na schön!«
In Windeseile war sie auf den Füßen und jagte hinter ihnen her. Sie war größer und älter und ihre Beine waren länger. Mit Leichtigkeit

hatte sie Conn eingeholt. Er war der Jüngste von ihnen und mindestens einen Kopf kleiner als sie, aber es gelang ihr nicht, ihn zu packen. Ihre Hände glitten von ihm ab. Er war so kalt und schlüpfrig wie ein Aal.

»He!« Conn befreite sich aus ihrem Griff um seinen Nacken. »Wir haben doch nur Spaß gemacht. Außerdem wollten wir dir wirklich etwas zeigen.« Er schaute sie flehend an, als sie ihn erneut packen wollte. »Ehrlich!«

»Also gut, was ist es?« Finn hatte die Hände auf die Hüften gestützt und atmete schwer von ihrem Sprint über den nassen Sand. »Ich hoffe für euch, dass es sich lohnt.«

»Es lohnt sich bestimmt.« Aidan winkte sie zu sich und deutete auf einen Felshaufen, der aussah wie die Zuckerwürfel eines Riesen.

»Keine Tricks?« Finn schaute von einem zum anderen.

Beide schüttelten ernsthaft den Kopf. »Ehrenwort. Keine Tricks.«

»Okay. Was ist es nun?«

»Du musst es dir anschauen.«

»Wo?«

»Direkt in der Mitte. Du musst auf alle Viere gehen.«

Finn stand da und hatte die Arme vor der Brust verschränkt. Sie versuchte in ihren Gesichtern zu lesen – beiden saß gewöhnlich der Schalk im Nacken und sie traute ihnen alles zu. Aber im Augenblick war ihr Gesichtsausdruck anders als sonst. Ernst und aufmerksam.

»Aidie hat's gefunden«, sagte Conn. Er kauerte sich nieder und war sofort mit Sand bepudert.

»Schön und gut – aber was ist *es*?«

»Ein Knochen. Da drin.« Sein schmaler Finger deutete auf eine Stelle vor ihnen.

Sie bückte sich so weit hinunter, wie sie konnte ohne paniert zu werden. Der Sand war feucht und klebte wie Kleister. Zwischen den Felstürmen hatten sich kleine Teiche gebildet, in denen winzige Fische wie silbrige Schatten hin und her schossen. Kleine Krebse, fast durchsichtig im glasklaren Wasser, huschten in den Schutz von Seetangbüscheln, die sich in der Strömung wiegten. Finn spähte an der dicken Kruste von Muscheln und Schnecken und auch an den dunklen, gallertartigen Seeanemonen vorbei und wusste immer noch nicht genau, wonach sie Ausschau halten sollte.

Dann sah sie es. Inmitten des Haufens gefangen, tief drinnen festgenagelt, dort wo die Kante eines Steins auf einem anderen saß. Sie streckte die Hand aus, um es zu berühren, und zog sie wieder zurück. Es war zweifellos ein Knochen. Für Stein hatte es die falsche Form und Oberflächenstruktur, Treibholz wäre durch die Wucht des Felsens, der darauf lastete, längst zermalmt worden. Winzige Löcher an dem wulstigen Gelenk machten die Verwitterung der Oberfläche deutlich. Der Knochen war von einer dünnen, schleimigen, grünen Algenschicht bedeckt. Der schlanke Schaft mündete in einer schrägen und kantigen Bruchstelle, deren Spitzen und Ecken jedoch längst vom Wasser glatt poliert worden waren.

»Es sieht aus wie ein Beinknochen«, sagte Conn leise. »Ungefähr hier gebrochen.« Und er deutete auf eine Stelle an seinem Bein, etwa zwanzig Zentimeter oberhalb seines sandigen Fußgelenks.

»Stimmt«, hauchte Aidan, der sich auf Finns Schultern stützte und über sie hinweg spähte. »Wahrscheinlich hat er einem Schmuggler gehört oder einem Piraten oder sowas Ähnliches.«

»Ach wirklich?« Finn wandte sich ab. »Es könnte genauso gut ein Tier gewesen sein. Eine Kuh oder …«

Conn schüttelte heftig den Kopf und bespritzte sie mit Wasser und Sand. »Stell dich doch nicht so dämlich an! Dazu ist er viel zu klein!«

» … oder ein Schaf oder ein Tier dieser Größe.«

»Hmm. Vielleicht.« Conn schob seine Unterlippe vor. »Aber das glaube ich nicht.« Er stand auf. »Ich habe dir doch gesagt, dass es keinen Sinn hat ihn ihr zu zeigen. Na komm, Aidie. Oh, hallo!« Der ablehnende Ton seiner Stimme verschwand und machte Begeisterung Platz. »Sind die für uns? He, klasse!«

Finn kam auf die Füße, fegte sich den Sand von den Knien und bemerkte Mike Treherne, der hinter ihr stand.
»Ja, hier.« Er ließ die beiden kurzen Surfboards, die er unter dem Arm getragen hatte, in den Sand fallen. Er hatte sich für den Strand umgezogen und trug jetzt Surfershorts, die ihm bis zu den Knien reichten. »Was starrt ihr alle so an?«
Finn stand da mit verschränkten Armen, während Conn und Aidie auf den Felsen herumkletterten und Mike den kostbaren Knochen zeigten, den sie gefunden hatten. Sie erwartete, dass er ihre Theorie zunichte machen und sie als kindische Fantasie abtun würde, wie jeder vernünftige Mensch es getan hätte. Aber nichts dergleichen. Er nahm sie ernst.
»Gut möglich.« Er stand auf und wischte sich den Sand von den braun gebrannten Beinen. »Sehr gut möglich.«
»Siehst du?« Ihre Brüder grinsten sie triumphierend an.
»Oh«, sagte Finn mit einem skeptischen Stirnrunzeln. »Und warum, bitte schön?«
»Es sieht vielleicht auf den ersten Blick nicht so aus, aber diese Küste ist tückisch«, antwortete Mike und ließ seine blauen Augen an der Küstenlinie entlang streifen. »In den vergangenen Jahren, besser gesagt: Jahrhunderten, haben immer wieder Schiffe an diesen Felsen Schiffbruch erlitten. Seht ihr, da draußen?« Er starrte auf die offene See hinaus und deutete auf den Horizont.
»Sehen? Was sehen?« Conn und Aidan drängelten sich um ihn und folgten mit ihren Blicken seinem ausgestreckten Arm.
Er wies auf eine Stelle vor der Küste, wo das Meer weiß schäumend eine Gruppe von Felsen umtoste, die nur knapp die Wasseroberfläche durchstießen.
»Das ist die Stelle, an der sie zerschmettert werden, die Vipern.«
Die schwarzen Zwillingsfelsen trugen ihren Namen zu Recht. Spitz zulaufend und nach hinten gebogen, ragten sie wie kantige Reißzähne aus der glitzernden Fläche des Ozeans.

»Können die Schiffe nicht auf sie achten? Um sie herum fahren?«, fragte Finn.
Mike lächelte ob ihrer Naivität. »Da draußen ist ein Riff, direkt unter der Wasseroberfläche, das die ganze Küste entlang läuft.« Er demonstrierte die Ausmaße mit ausgestreckten Armen. »Es ragt weit bis an den Strand heran und zieht sich bis zur Landspitze.« Er kauerte sich nieder, sammelte ein paar flache Steine und legte sie in einer Reihe aneinander, sodass die schmalen Kanten nach oben ragten. »Die Felsen liegen auf einer Art Bergrücken, wie die Zähne eines Hais. Jedem Schiff, das darauf aufläuft, wird Folgendes passieren.« Er nahm ein Stück Treibholz und schob es über die oberen Steine. Auf den scharfen Spitzen und Kanten blieb das Holz hängen und ließ sich nicht mehr zurückziehen. »Der Schiffsrumpf wird glatt aufgerissen. Selbst heute noch ist die Seefahrt in diesen Gewässern nicht ungefährlich. In jenen Tagen, in denen es noch keine ausgefeilten Navigationsinstrumente gab, haben sich die Wracks hier förmlich gestapelt und unzählige Menschen haben ihr Leben lassen müssen. All die kleinen Buchten waren voll mit Leichen.« Er stand auf und wischte sich den Sand von den Händen. »Das könnte wirklich ein menschlicher Knochen sein. Absolut möglich.«
Er griff nach dem Anhänger, der um seinen Hals hing, und drehte ihn an dem Lederband, an dem er befestigt war, hin und her. Dabei lächelte er – so schien es ihr wenigstens – mit einem ziemlich besserwisserischen Ausdruck in den Augen auf Finn herab. Auch das hämische Grinsen ihrer Brüder gefiel ihr ganz und gar nicht.
»Das ist doch schon so lange her. Das war vor Urzeiten!«, widersprach sie. »Als es noch Segelschiffe aus Holz gab und den ganzen Kram.«
»Das ist gar nicht so lange her«, erklärte er, und sein Lächeln wurde noch breiter. Er fragte sich, womit er sie nun schon wieder geärgert hatte. »Du hast doch bestimmt *Titanic* gesehen, oder? Nun, das war lediglich Eis. Jetzt stell dir vor, was massiver Fels anrichten

kann. Der reißt einen Stahlrumpf auf wie ein Dosenöffner. Da draußen befindet sich eine Art Kreuzung. Es ist ein viel befahrener Seeweg; die Schiffe fahren entweder hoch nach Liverpool oder runter nach Bristol. Das ist auch jetzt noch so. Danford Haven ist einer der tiefsten Häfen in ganz Europa. Deshalb befinden sich dort auch die Fähranlegestellen und deshalb werden dort die großen Tanker gelöscht.«
Er zeigte nach Norden, wo die Ölraffinerien standen. Die weit herausragende Landspitze verbarg sie vor ihren Blicken, doch nachts war das Flutlicht meilenweit zu sehen.
»Der Zugang zum Hafen ist nicht ungefährlich, daher können die Vipern immer noch zum Problem werden. Stellt euch vor, wie es war in jenen Tagen, wenn aus Westen ein Sturm aufgezogen war und der Kapitän eines Seglers keine andere Möglichkeit hatte, als den Hafen anzulaufen. Und damals waren die Vipern nicht das Einzige, wovor sich ein Seemann fürchten musste.«
»Wie meinst du das?«
»Es gab hier Strandräuber.« Mike schaute von einem zum anderen und beobachtete die Wirkung, die seine Worte hervorrief.
»Strandräuber?« Conn starrte ihn an. Seine braunen Augen glänzten. Das klang sogar noch aufregender als Schmuggler.
»Heutzutage gibt es sowas natürlich nicht mehr, aber früher warteten die Strandräuber auf eine stürmische Nacht und stellten dann falsche Leuchtsignale an der Küste auf. Sie banden Laternen an Esel oder an Ponys, die sie dann auf und ab führten. Die Seeleute draußen auf dem Meer sahen die Lichter und glaubten, dass sie hinter einem anderen Schiff herfuhren oder sich einem Schiff näherten, das in einem sicheren Hafen lag. Daher folgten sie den Leuchtsignalen und landeten direkt auf den Felsen. Am nächsten Morgen suchten die Strandpiraten die Küste nach Gütern ab, die die See ihnen geschenkt hatte. Ein Wrack war für sie wie eine Gabe des Ozeans. Man durfte sich daraus bedienen und nehmen, was man brauchte. Die Strand-

räuber wurden auch *Gwyr y Bwelli Bach* genannt, das ist Walisisch und bedeutet ›Die Männer mit den kleinen Äxten‹.«

»Warum das?«

»Weil sie als ihr Handwerkszeug eine Axt mit einem kurzen Griff bei sich trugen. Auf der einen Seite der Waffe befand sich eine Klinge, auf der anderen ein Haken. Sie wurden dazu benutzt, um Fässer oder Kisten aufzustemmen, Holz zu zerhacken – und noch für andere Dinge.«

»Zum Beispiel?«

»Nun.« Er schaute von Aidan zu Conn, die wie gefesselt an seinen Lippen hingen. »Damals dachten die Leute, dass ein Wrack und seine Ladung demjenigen gehörte, dem es gelang, die Fässer und Kisten und Ballen wegzuschaffen – das heißt, wenn es keine Überlebenden gab. Also …« Er machte eine hackende Bewegung mit seinem Handrücken. » … sorgten sie dafür, dass niemand das Unglück überlebte. Sie brachten alle um, die sie aufspüren konnten, und plünderten sie dann aus. Natürlich auch diejenigen, die schon tot waren. Die Beile waren gut zu gebrauchen, um Ohrringe herauszureißen oder Finger und Hände abzuhacken, um an Ringe und Armbänder zu kommen.«

»Das ist ja schrecklich!« Finn rümpfte ihre Nase.

»Sei still, Finn!«, fuhr Aidan sie an. »Das ist faszinierend!«

Finn ignorierte ihren Bruder. »Warum taten sie all diese fürchterlichen Dinge?«, fragte sie beharrlich.

»Die Menschen in dieser Gegend waren sehr arm.« Mike grinste. »Damals gab es noch keine Touristen.«

»Also könnte der Knochen, *unser* Knochen, einem ihrer Opfer gehört haben?«, fragte Conn atemlos. Was Mike da erzählte, ließ ihm ihre Entdeckung noch aufregender erscheinen.

»Dazu wollte ich gerade kommen. Die Leichen wurden genau hier oben am Strand abgeladen und direkt hinter der Flutgrenze in einer tiefen Grube verscharrt.«

»Warum nicht auf dem Friedhof?«
»Weil die Menschen glaubten, dass sie in Reichweite des Meeres begraben sein müssten. Für den Fall, dass sie aus ihren Gräbern auferstanden, um zu spuken.« Er senkte seine Stimme zu einem geheimnisvollen Flüstern und schlich sich seitwärts an Conn heran. »Für den Fall, dass das Meer zurückkam, um sie zu holen ...«
»Hör auf! Hör gefälligst auf!« Finn schrie fast. »Sie werden Alpträume bekommen!«
Mike verstummte und wandte sich den Jungen zu mit einem Was-habe-ich-jetzt-schon-wieder-angestellt-Ausdruck im Gesicht. Conn seufzte und rollte mit den Augen, was so viel heißen sollte wie: »Kümmere dich gar nicht um sie.« Aidan zuckte mit den Schultern und tippte sich mit seinem Finger gegen die Stirn.
Die Flut kehrte zurück. Kleine kalte Wellen saugten den Sand unter ihren Füßen weg. Das Wasser tröpfelte und gurgelte zwischen den Felsen, die sich vor ihnen aufhäuften. Der Knochen, menschlich oder nicht, war schon fast nicht mehr zu sehen.
Finn wandte sich ab und schickte sich an zu gehen. Sie gingen ihr alle auf die Nerven, besonders dieser Mike Treherne. Nicht genug damit, dass er sich für Mr Sonnyboy hielt, er wusste scheinbar auch noch alles besser. Sie hasste die Art, wie ihre Brüder ihn anschauten, wie sie zu ihm aufsahen wie ein Paar hechelnde Welpen. Als Nächstes würden sie wahrscheinlich anfangen herumzuspringen und Männchen zu machen, um getätschelt zu werden.
Finn lief den Strand hinauf, weg von dem Trio. Sie zitterte und schlang ihre Arme eng um ihren Körper. Es war ihr egal, was die anderen dachten. Sie hatte genug von ihnen, genug von diesem Strand. Außerdem wurde es sowieso langsam kalt. Scheinbar aus dem Nichts war ein leichter Wind aufgekommen. Finn rieb über die Gänsehaut auf ihren Armen. Ihr war klar, dass es nicht ihre Brüder waren, die an Alpträumen leiden würden.

4

Finn hatte Recht. Wieder und wieder lauerte ihr das Meer in dieser Nacht auf. Doch diesmal waren die Träume anders, hatten einen neuen Schrecken angenommen.

Im Donnern der Brandung glaubt sie Stimmen zu vernehmen und das Heulen des Windes ist durchsetzt mit menschlichen Schreien. Der Strand liegt im Dunkeln. Es ist Nacht. Das schwarze Wasser hebt und senkt sich. Seine Oberfläche glitzert im bleichen Mondlicht. Mächtige hölzerne Planken, zersplittert und gebrochen wie Streichhölzer, liegen verstreut auf dem Strand. Draußen in der Dunkelheit ist keine Spur von einem Schiff zu sehen, doch auf dem zischenden Schaum der Wellen treibt Strandgut. Die Strömung trägt ihre Ladung nach vorn und zieht sie wieder zurück, doch jedes Mal kommt sie dem Land näher, bis man schließlich einzelne Formen in dem Haufen aus dunklen Schatten ausmachen kann. Formen, die Finn zunächst für Lumpenbündel gehalten hatte. Dann sieht sie Gliedmaßen aus den Bündeln herausragen. Ihr Fleisch ist aufgerissen, zerschnitten bis auf die Knochen.

Finn kann ihren Blick nicht abwenden. Sie ist wie gebannt, wie gelähmt. Die unförmigen, zusammengesunkenen Häuflein beginnen sich zu bewegen. Sie richten sich aus eigener Kraft auf, versammeln sich, kommen näher und näher zum Strand, näher zu der Stelle, an der sie steht. Sie sind schon so nah, dass Finn ihr tropfnasses Haar erkennen kann, in dem sich Seetang verfangen hat, und auch den Ausdruck in ihren verzweifelten und zerschlagenen Gesichtern. In ihre Nase kriecht der faulige, fischige Gestank der Fäulnis, gemischt mit Salzwasser.

Sie rennt, flieht den Strand entlang, weg von dem Grauen. Hin und wieder schaut sie sich um. Jedes Mal scheinen die Gestalten näher gekommen zu sein. Jetzt ist es ganz deutlich zu erkennen: der Abstand zwischen ihnen und Finn hat sich verringert. Finn dreht sich wieder um und rennt weiter, schleppt sich Meter um Meter durch den schweren, nassen Sand vorwärts. Ihre Beine sind schwer vor Erschöpfung. Der Sand zerrt an ihren Füßen, hält sie fest, legt sich um ihre Fußgelenke wie weiche, feuchte Hände. Sie rennt weiter auf den vor ihr liegenden Damm zu, doch sie weiß genau, dass sie es nicht schaffen wird. Sie stolpert, einmal, zweimal, schaut auf und sieht Hände, die nach ihr greifen, wie die Arme eines Kraken und gespenstisch bleich vor der nächtlichen Dunkelheit …
Verzweifelt versucht sie sich freizukämpfen, ihr ganzer Körper bäumt sich auf und reißt sie schließlich aus dem Schlaf.
Zumindest glaubte sie zunächst, dass es ihre eigenen heftigen Bewegungen gewesen waren, die sie geweckt hatten, doch dann hörte sie ein Geräusch, ein lautes Klappern. Schwer atmend und völlig erschöpft setzte sie sich in ihrem Bett auf. Der Schweiß brach ihr aus allen Poren, während sie mit weit geöffneten Augen lauschte und versuchte, Traum von Realität zu unterscheiden und herauszufinden, woher das Geräusch kam. Auf das Klappern folgte ein Knall und dann noch einer, so laut, dass Finn vor Schreck einen Satz machte. Sie war sich jetzt sicher: Dies war kein Traum mehr. Ihre Angst dauerte noch einen Herzschlag an, doch dann entspannte sie sich und seufzte vor Erleichterung laut auf. Sie wusste, was das Klappern und den Knall verursacht hatte: Es war die Tür zum Windfang. Das Schloss war kaputt. Ihre Mutter hatte es heute Morgen erwähnt und die Reparatur stand ganz oben auf Mikes Jobliste. Der Wind musste die Tür aufgerissen und dann wieder mit einem lauten Knall zugeschlagen haben.
Finn machte sich nicht die Mühe nach unten zu gehen und die Tür anständig zu verriegeln. Es war viel zu warm und gemütlich unter

ihrer Bettdecke. Immerhin war es nicht die eigentliche Haustür und außerdem hatte sich der Wind mittlerweile gelegt. Das kann bis morgen früh warten, dachte sie, bevor sie wieder eindöste.

Am nächsten Morgen war es völlig windstill. Es würde ein friedlicher Tag werden und das kleine Stückchen Himmel, das Finn von ihrem Fenster aus sehen konnte, war so blau wie am Tag zuvor. Sie blieb noch eine Weile liegen und ließ sich Zeit, um zu sich zu kommen. Von der Vorderseite des Hauses waren männliche Stimmen zu hören, begleitet von metallischem Hämmern und Klappern. Unten hörte sie ihre Mutter rufen. Sie stand auf, schlüpfte in die Jeans und die Bluse von gestern und ging nach unten, um nachzusehen, was los war.

»Kommt her, ihr zwei.« Ihre Mutter stand im Windfang und rief mit lauter Stimme Conn und Aidan zu sich, die gerade am Frühstückstisch saßen.

»Was soll das?« Maggie Logan zeigte auf etwas, das von der Tür zum Windfang herabhing.

»Was soll was?« Aidan trat neben seinen Bruder.

»Das da. Ich dulde es nicht, dass ihr irgendwelches verfaultes Zeug vom Strand hier herauf schleppt und im Haus herumliegen lasst. Wir werden schon genug zum Aufräumen haben, wenn die Handwerker ihre Arbeit erledigt haben.« Sie schnüffelte und ihre Nasenflügel zitterten. »Es verpestet bereits jetzt die Luft.«

Auch Aidan und Conn zogen die Luft ein und rümpften die Nase. In dem engen Raum des Windfangs hing ohne Zweifel ein seltsamer Geruch, eine Mischung aus faulem Fisch und Seetang.

»Ich bin das nicht«, sagte Conn schnell und dachte an die verschwitzten Sportsocken, die in seinen Gummistiefeln steckten.

»Ich auch nicht«, stimmte Aidan fast automatisch zu. Dann zuckte er mit den Schultern und sah seine Mutter an. »Ich weiß nicht, worüber du dich so aufregst.«

»Ach nein? Na, was denkt ihr denn? Schaut euch das an. Ich habe es gerade angefasst.« Sie wischte sich ihre Hand an ihrem T-Shirt ab und schüttelte sich vor Ekel. »Ich bin ganz schön erschrocken.«
»He. Pass auf, wen du über den Haufen rennst!«
Finn hatte Conn zur Seite geschoben, weil sie wissen wollte, worüber sie alle redeten.
»Was ist los, Mum?«
»Schon wieder diese beiden«, seufzte Maggie Logan. »Sie schleppen wer weiß was vom Strand hier an. Schau.« Sie deutete auf ein Bündel Seetang, das mit einem Knoten um den Türgriff geschlungen war. »Wenn ihr wissen wollt, wie das Wetter wird, hört euch die Wettervorhersage an, wie jeder normale Mensch.«
»Aber wir haben nicht …«
»Ganz bestimmt nicht …«
»Um das Wetter vorauszusagen, ist das die falsche Pflanze.« Mike kam durch den Hof zum Haus, neugierig, was all die Aufregung bedeutete. »Dazu nimmt man Blasentang. Ihr wisst schon, das Zeug, das so aussieht wie blasiges Papier. Blasentang ist eine Wetterorakelpflanze. Bei schlechtem Wetter … Aber lassen wir das. Ist ja sowieso nur Aberglaube. Dies hier ist richtiger Seetang. Der wächst in viel tieferem Wasser. Er ist immer noch nass …« Er berührte die glänzende braune Oberfläche der Pflanze und fühlte die pralle Frische zwischen Daumen und Zeigefinger. »Der Knoten ist ein Palstek.« Er sprach das Wort so schnell und kurz aus, dass es wie ein Pistolenschuss klang. Er zog den Tang vom Türknauf und wickelte ihn um sein eigenes Handgelenk. »Ein Seemannsknoten.«
»He! Cool!« Aidan und Conn drängelten sich näher. »Kennst du dich mit Knoten aus?«
»Ja«, lachte Mike. »Ein bisschen.«
»Bringst du's uns bei?«
»Klar.«
»Einen Moment mal«, mischte sich Maggie ein, die merkte, wie ihr

die Kontrolle über die Situation entglitt. »Bevor ihr drei Unschuldslämmer den Pfadfindereid ablegt, will ich noch wissen, wie das Zeug hierher gekommen ist.«
»Keine Ahnung, Mum.« Conn zuckte mit den Schultern.
»Ich auch nicht«, beteuerte Aidan mit erhobenen Händen.
»Vielleicht ein Streich. Ein dummer Scherz«, schlug Mike vor. »Irgendjemand, der hier vorbeigelaufen ist.«
»Wer zum Beispiel? Hier wohnt doch niemand außer Mr Griffiths.«
Mr Griffiths war ihr nächster Nachbar. Er wohnte auf dem Hügel über dem Haus und niemand hatte ihn bisher zu Gesicht bekommen. Bei der Erwähnung des Namens veränderte sich Mikes Gesichtsausdruck. Sein Lächeln blieb an seinem Platz, doch seine Augen wurden eisig.
»Möglich.« Mike entfernte den Seetang von seinem Handgelenk, faltete ihn zusammen und riss daran herum. »Andererseits sind Scherze, und zwar jede Form von Scherzen, nicht seine Art. Viel wahrscheinlicher ist, dass es ein paar Jungs aus dem Hafen waren.«
»Aber warum?«
Mike zuckte mit den Schultern und hob die Hände auf die gleiche kapitulierende Weise wie Aidan.
»Wahrscheinlich werden wir's nie erfahren.« Conn nahm Mike den Seetang aus der Hand, wirbelte ihn wie einen Propeller über seinem Kopf und ließ dann los. Das Bündel flog weit und wand sich in der Luft wie eine Schlange. »Können wir jetzt weiter frühstücken?«
»He, Mike, Junge. Du wirst gebraucht.« Ein Mann in einer Latzhose kam um die Ecke. Er war groß und schlank und sein dichtes helles Haar war von grauen Strähnen durchzogen. »Wir können anfangen und ich bezahle dich nicht fürs Rumstehen und Tratschen.«
Trotz seiner Worte war sein Lächeln warm und freundlich, doch seine Augen, die dieselbe blaue Farbe hatten wie Mikes, blickten scharfsinnig und klug, und sein Gesicht war vom Wetter gegerbt und von der Arbeit im Freien tief gebräunt.

Maggie Logan trat vor. »Es ist meine Schuld, Mr Treherne. Ich habe ihn aufgehalten. Es tut mir Leid …«
»Oh.« Mr Treherne sah mit einem Mal eingeschüchtert aus, fast scheu. »Ich habe Sie gar nicht gesehen, Mrs Logan.« Er streckte seine Hand aus, um ihre zu schütteln. »Nennen Sie mich Jack. Mr Treherne ist zu steif, nicht wahr? Ich würde mich dann gar nicht angesprochen fühlen.«
»Wenn das so ist, Jack«, lächelte sie und ließ ihre grünen Augen zu ihm aufblitzen. Sie schob sich einige Strähnen ihrer rötlich braunen Locken aus dem Gesicht. »Mein Name ist Maggie. Haben Sie eigentlich schon meine Kinder kennen gelernt?«
Sie stellte die drei vor und Jack Treherne schüttelte jedem die Hand. Seine Handfläche und die Finger waren so schwielig, rissig und vernarbt, dass man das Gefühl hatte, einem Dutzend Rasierklingen die Hand zu schütteln.
»Ungewöhnliche Namen.«
»Sie heißt eigentlich Fionuala«, sagte Aidan und Finn funkelte ihn wütend an. Mikes Augen weiteten sich und Conn kicherte.
»Aha.« Jack Treherne lächelte. »Die Kinder von Lir.«
»Ja.« Maggie erwiderte das Lächeln und errötete leicht. »Woher wissen Sie das?«
»Ich bin ja nicht bloß ein unwissender alter Bauarbeiter.« Sein Grinsen wurde breiter, als er merkte, wie das Rot ihrer Wangen noch dunkler wurde. »Ich war eine Zeit lang drüben in Irland und mir haben die alten Geschichten sehr gefallen. Kommen Sie von der grünen Insel? Würde mich nicht wundern, bei ihrer Haarfarbe und bei der ihrer Tochter …«
»Nein«, lachte Maggie und schüttelte den Kopf. Dabei entwischten noch etliche weitere Haarsträhnen ihrem Pferdeschwanz. »Ich bin nur romantisch veranlagt. Mir haben die Namen gefallen, wissen Sie. Und natürlich die Geschichte.«
»Welche Geschichte?«, fragte Mike.

»Ich bin sicher, dass die junge Dame sie dir eines Tages erzählen wird.« Jack Treherne zwinkerte Finn zu. »Wenn du schön freundlich darum bittest. Aber vorher müssen wir noch ein Gerüst aufstellen.« Er wandte sich wieder Maggie zu. »Einige Dachplatten sind lose. Wenn wir das jetzt nicht reparieren, wird Ihnen der nächste Wintersturm das Dach über dem Kopf wegblasen.«

»Sie wissen am besten, was zu tun ist«, antwortete Maggie schulterzuckend. »Carole meinte, Sie sollten reparieren, was kaputt ist und sie würde dafür bezahlen.«

»Die Tür zum Windfang«, erinnerte Finn ihre Mutter.

»Tatsächlich?« Jack prüfte die Angeln und schaute sich das Schloss an.

»Ja«, bestätigte Finn. »Sie löst sich, wenn sich der Wind darin verfängt. Die Schläge haben mich die halbe Nacht lang wachgehalten.«

»Wirklich?« Er schaute sie mit verwundert hochgezogenen Augenbrauen an. »Dabei war es doch so ruhig letzte Nacht. Hat kaum ein Lüftchen geweht. Nun, dagegen müssen wir auf jeden Fall was tun. Mike wird die Sache in Nullkommanichts in Ordnung bringen, nicht wahr, mein Junge?«

5

Mike holte sein Werkzeug und machte sich daran, die Tür zum Windfang zu reparieren. Finn schaute ihm eine Weile durch das Küchenfenster zu, wie er das verfaulte Holz des Rahmens herausstemmte und neues zurecht sägte.

»Bist du sicher, dass du weißt, was du tust?« Sie kam aus der Küche und beäugte misstrauisch seine Handgriffe.

»Klar.« Er fluchte, als ihm das Stemmeisen entglitt.

Finn lachte. »Ganz sicher?«

»Ganz sicher.« Mike packte sein Werkzeug mit festem Griff und setzte das Stemmeisen erneut an. »Aber ich kann besser arbeiten, wenn mir keiner über die Schulter schaut.« Er hebelte ein Stück splitterndes Holz zur Seite. »Schreinerarbeit ist keine Touristenattraktion.«

»Wie du willst.« Finn zuckte mit den Schultern. »Ich wollte dich eigentlich nur fragen, ob du eine Tasse Tee willst.«

Aber als er seinen Kopf hob, war sie schon gegangen.

»Gerne, vielen Dank«, murmelte er zum Türpfosten gewandt. Er hatte sie bitten wollen ihm zu helfen. Er brauchte jemanden, der die Tür festhielt, während er die neuen Scharniere anschraubte. Nun, jetzt würde er sie bestimmt nicht mehr fragen. Er würde die ganze Arbeit allein machen. Der würde er es zeigen. Diese hochnäsige, oberflächliche … Er stieß das Stemmeisen mit voller Wucht ins Holz.

Als Finn das nächste Mal herauskam, war er bereits fertig. Sie begutachtete seine Arbeit, indem sie die Tür einige Male hin und her schwang. Das neue Schloss passte perfekt und die Tür ließ sich

anstandslos bewegen, ohne zu quietschen oder über den Boden zu schaben. Sie musste zugeben, dass er gute Arbeit geleistet hatte.
»Findet es Gnade vor deinen Augen?« Er saß auf der Mauer, die den Hof begrenzte und goss sich aus einer Thermoskanne Kaffee ein.
»Scheint so. Sieht ganz anständig aus. Natürlich muss man abwarten, ob sich die Tür bei Wind wieder losreißt.«
Sie packte einen Liegestuhl und fing an, ihn aus dem Windfang zu zerren.
Er stand auf. »Soll ich dir helfen?«
»Nein danke, ich schaffe das schon«, erwiderte sie, obwohl die Liege schwerer war, als sie gedacht hatte und das Gewicht sie zur Seite zog.
»Wohin gehst du?«
»Runter in den Garten.«
»Zum Sonnenbaden, vermute ich. Schöne Sache, für den, der's verträgt.«
Finn warf ihm einen wütenden Blick zu.
»Bist du sicher, dass du es alleine schaffst?« Er grinste, während sich die Liege selbständig machte und auseinander klappte, wobei sie gegen Finns Beine schlug.
»Das habe ich doch gesagt, oder etwa nicht? Außerdem«, fügte sie hinzu und fixierte viel sagend seine halb leere Kaffeetasse, »würde ich nicht im Traum daran denken, dich von deiner Arbeit abzuhalten. Du hast wahrscheinlich noch unzählige weitere kleine Herausforderungen vor dir, bei denen du Hammer und Meißel schwingen darfst.«
Finn schleppte ihre sperrige Last den Weg hinunter und versuchte gleichzeitig weder das Buch noch die Zeitschriften und die Flasche mit Sonnenlotion fallen zu lassen, die sie unter ihren anderen Ellenbogen geklemmt hatte. Sie ging um ein paar baufällig aussehende Nebengebäude herum und hielt kurz an, um ihre Habseligkeiten besser in den Griff zu bekommen, bevor sie das verwilderte Stück Erde betrat, das man hier als Garten bezeichnete.

Ein wuchernder Rosenstrauch, umklammert von Unkraut und von Ranken fast erstickt, war alles, was von den einstigen Blumenbeeten übrig geblieben war. An einem Fuchsienbusch ließen rote und blaue Blüten ihre Köpfe hängen und überall wuchs das Gras hoch empor, hier und da gespickt mit einer leuchtend orangefarbenen Blume, die genauso wie das Unkraut wucherte. Ein paar alte, vom Wind gebeugte Apfelbäume boten etwas Schatten, und Finn steuerte auf sie zu.

Sie hatte es sich gerade gemütlich gemacht und begonnen durch eine der Zeitschriften zu blättern, da hörte sie Stimmen. Es waren ihre Mutter und Jack Treherne, die aus einem der Nebengebäude kamen.

»Das wäre großartig«, sagte ihre Mutter gerade. »Absolut perfekt.«

»Es würde 'ne Menge Arbeit bedeuten. Das Gemäuer ist sehr alt.« Jack klopfte gegen eine Wand. »Dieser Teil des Anwesens hat etliche Jahrhunderte auf dem Buckel.«

»Ich weiß. Das sieht man. Deshalb wäre es ja so wundervoll.« Die Begeisterung verschwand aus Maggies Stimme. »Aber das ist sehr unwahrscheinlich. Ich glaube nicht, dass meine Schwester dafür bezahlen würde, dass ich mir ein Atelier einrichten lasse. Wahrscheinlich will sie Ferienwohnungen daraus machen.«

Jack nickte. »Das ist der Plan.« Er hielt kurz inne. »Ich wünsche ihr alles Gute. Allerdings hat man sowas schon einmal versucht ...«

»Und?« Der zweifelnde Ton in seiner Stimme ließ Maggie aufschauen.

»Nicht mit diesen Gebäuden, natürlich. Mit dem Haupthaus, meine ich. Hat nicht funktioniert.«

»Man sollte doch glauben, dass es kein geeigneteres Fleckchen Erde gäbe.«

»Das ist es auch. Aber es gab eine Menge Probleme. ›Schwer vermittelbar‹, heißt es hinter vorgehaltener Hand. Die Nichte von Nerys, der die Kneipe gehört, hat's mir erzählt. Sie arbeitet für die

West Wales Cottages, die Firma, die Ferienhäuser vermittelt. Es kam immer wieder zu Stornierungen; Leute zogen früher aus und verlangten andere Unterkünfte. Damals war das Haus allerdings noch nicht renoviert. Es gehörte immer noch Griffiths. Er vermietete es, nachdem er sich seinen Bungalow hat bauen lassen. Hat gedacht, er könnte eine Menge Geld scheffeln, aber ausnahmsweise hat mal eine seiner genialen Geschäftsideen nicht funktioniert.« Mit seinem schwieligen Daumen pulte Jack ein Bröckchen Mörtel aus den Fugen. »Nicht dass ich deswegen traurig wäre, im Gegenteil. Hat mich richtig gefreut, wenn ich ehrlich bin.« An seinem rauen Lachen konnte man erkennen, dass er und Griffiths nicht gerade ein Herz und eine Seele waren. »Aber ich würde Ihrer Schwester wirklich nicht das gleiche Schicksal wünschen. Es wäre schade, wenn sie ihr gutes Geld auch noch aus dem Fenster werfen würde – seinem schlechten hinterher. Das wäre nicht richtig.«

»Haben Sie ihr das gesagt?«

Jack zuckte mit den Schultern. »Ich hab's mal angesprochen, aber sie scheint nicht der Typ zu sein, der auf Klatsch und alte Geschichten hört.«

Maggie nickte zustimmend. Carole war sehr praktisch veranlagt. Eine vernünftige, klar denkende Geschäftsfrau, die ihre eigene Firma aus dem Boden gestampft hatte. Die beiden Schwestern waren sehr verschieden.

»Sie würde sich lediglich einen anderen Handwerker suchen.«

Jack lachte. »Das sehe ich auch so.«

Es entstand ein Moment der Stille zwischen ihnen und Finn dachte schon, dass sie sich entfernen würden. Dann fragte ihre Mutter: »Die alten Geschichten – worum geht's da?«

»Oh, die hängen mit dem Haus zusammen. Mit seiner Vergangenheit. Nun, wie ich schon sagte, dieser Teil ist sehr alt.«

»Wie alt?«, fragte Maggie.

»Siebzehntes Jahrhundert. Vielleicht noch älter.« Seine Hand glitt über den rau behauenen Stein. »Das ist alles, was von dem alten Haus noch übrig geblieben ist. Der Teil, in dem Sie und die Kinder wohnen, ist jüngeren Datums.«

»Wollen Sie damit sagen, dass die Familie, die hier lebte, dieses wunderschöne alte Gemäuer aufgab und es einfach verfallen ließ? Aber warum denn nur?«

Jack Treherne lachte, aber es war mehr ein freudloses Bellen. »Sie hatten kaum eine Wahl in dieser Angelegenheit. Dies hier war das Heim der Familie Gruffydd ...«

Die walisische Betonung des Namens war nicht dieselbe, aber Maggie erkannte ihn dennoch.

»Derselbe Mr Griffiths, der meiner Schwester das Haus verkauft hat?«

»Dieselbe Familie. Sie haben schon seit Urzeiten hier gelebt. Es gab viel Gerede, als er auszog, aber er ist ein komischer Kauz. Völlig unberechenbar. Er war lange Zeit weg und als er zurückkam, gab es nichts als Ärger.«

Jack ließ sich nicht näher über die Art des Ärgers aus, aber sein fröhliches Gesicht bewölkte sich und bekam einen grimmigen Ausdruck. Seine Augen schauten ins Leere und ihre Farbe veränderte sich, bis ihr Blau verblasst war und sie so grau und kalt waren wie die winterliche See.

»Nun ja, er blieb nicht lange hier im Haus, nachdem er wiedergekommen war. Er ließ sich den neuen Bungalow bauen und vermietete das alte Gemäuer. Als das nicht funktionierte, bot er es zum Verkauf an.«

Das Haus hatte eine ganze Weile im Schaufenster des Immobilienmaklers Elliot & Patrick ausgehangen, aber kein Einheimischer wäre auf die Idee gekommen es zu kaufen. Es hatte lange Zeit leer gestanden, daher musste jetzt so viel repariert werden. Doch das sprach Jack nicht laut aus. Vielleicht hatte er schon zu viel gesagt. Griffiths hatte warten müssen, bis sich ein Käufer fand, der nicht

aus der Gegend stammte, und er war gezwungen gewesen den Preis zu senken. Jacks Augen leuchteten, als er sich Griffiths Unmut darüber vorstellte. Ein Lächeln zuckte in seinen Mundwinkeln.
»Das Haus. Dieser alte Teil«, bohrte Maggie weiter und unterbrach Jacks Gedanken. »Sie wollten mir davon erzählen.«
»Oh, tja, nun ja …« Er sammelte sich. »Die Griffiths sind eine alte Familie, leben seit Jahrhunderten hier. Früher waren sie hier in der Gegend ziemlich berüchtigt: als Schmuggler, Piraten, Strandräuber – und wer weiß was noch alles. Hier haben sie gewohnt. Sie nannten es ›Das Salzhaus‹.«
»Ich weiß. Ein ungewöhnlicher Name. Ich wollte Sie die ganze Zeit schon fragen …«
Jack lachte. »Gar nicht ungewöhnlich. Sie haben Salz gemacht. Haben das Meerwasser abgeleitet und es in Speichern unter dem Garten gelagert. Die sind möglicherweise immer noch da. Das Wasser wurde erhitzt, bis es verdampfte und nur das Salz zurückblieb. Damals, bevor der Hafen gebaut wurde, reichte das Meer noch näher ans Haus heran. Aber die Salzherstellung war nur ein Deckmantel für all die anderen Geschäfte. Die Hinweise sind überall deutlich zu sehen.« Er strich mit seinem Zeigefinger über die schöne silbrige Maserung des alten Türrahmens. »Schauen Sie sich das an. Das ist Eiche. Sehen Sie diese Abrundung? Der Rahmen ist aus alten Schiffsplanken gemacht. Davon gibt's noch jede Menge mehr, sowohl hier als auch im neuen Haus – und in anderen Häusern im Dorf. Vieles wurde aus Wrackteilen gebaut.«
»Aidan und Conn haben mir schon davon erzählt. Sie haben am Strand etwas gefunden …«
»Die Strandräuberei war an der Tagesordnung und die Griffiths-Sippe steckte mittendrin. Sie wurden reich dabei, reich genug, um dieses Haus zu errichten. In jenen Tagen war es sehr imposant, hatte Befestigungen, fast wie eine Burg.«
»Und was ist passiert?«

»Nun, eines Nachts blies ein mächtiger Sturm, einer der übelsten, die man jemals an dieser Küste erlebt hat. Das Haus stand näher am Meer, wie ich schon sagte, und irgendwann in der Nacht rollten riesige Wellen heran und schlugen über dem Anwesen zusammen. Haben es fast weggerissen. Die Familie flüchtete sich in den Keller. Und dort hat man sie gefunden: ertrunken, allesamt, Vater, Mutter und Kind. Einige behaupten, dass das Meer sie holen kam. Andere sagen, es sei mehr als das gewesen.«

»Was soll das heißen?«

»Man fand sie im Keller, verstehen Sie? Sie trieben zwischen den Fässern und Kisten und all der Schmuggelware, umschlungen von Tang und mit Sand im Mund. Sehen Sie, ein Keller ist nicht gerade ein sicherer Ort während einer Flutwelle. Und noch etwas: Die Tür war von innen verriegelt. Es sah ganz so aus, als wären sie vor etwas geflüchtet, als hätten sie sich dort unten versteckt. Man hörte Gerüchte von einem schwarzen Segelschiff, das in jener Nacht angeblich in der Bucht gesehen wurde, wie es über die Wellen glitt, als wäre strahlender Sonnenschein und kein Wölkchen am Himmel. Am nächsten Morgen war keine Spur zu finden, keine Wrackteile, nichts.« Er schüttelte seinen Kopf und senkte seine Stimme. »Man sagt, dass es nicht nur die See war, die die drei geholt hat.«

Maggie erschauerte, als ob eine Wolke die Sonne verdunkelt hätte. »Du liebe Güte«, sagte sie und rieb ihre Arme unter dem Stoff des leichten Sommerkleids, das sie trug. »Das ist wirklich eine aufregende Geschichte. Und so wurde das Haus also aufgegeben?«

»Ja. Sie bauten ein neues. In diesem Teil des Anwesens hat seither niemand mehr gelebt, bis zum heutigen Tage.«

»Wenn sie alle ertrunken sind, wer war es dann, der das neue Haus gebaut und die Geschäfte fortgeführt hat?«

»Der Kopf der Familie, der alte Gruffydd. *Gruffydd Ddu* haben sie ihn genannt – den schwarzen Griffiths. Es heißt, dass er in jener Nacht nicht zu Hause war, sondern draußen auf der Landzunge unterwegs, um falsche Lichtsignale zu geben und Schiffe auf die Klippen zu locken. Aber andere sagen, dass er das gar nicht nötig hatte, dass ihm andere Möglichkeiten zur Verfügung standen …«

»Was meinen Sie damit?«

»Nun, er hatte einen gewissen Ruf.«

»Einen Ruf wofür?«

»Als einer, der die schwarze Magie beherrschte. Als ein gerissener Fuchs, der mehr wusste und tiefer blickte als normale Menschen. Ein Zauberer, der die Macht hatte, Schiffe von ihrem Kurs abzubringen und Stürme heraufzubeschwören. Ein Herr der Stürme. Doch welche Kräfte er auch besaß, in dieser Nacht brachten sie ihm kein Glück. Als er zurückkam, fand er seine Familie mausetot vor, genauso tot wie die armen Teufel, die die Strandräuber mit ihren kleinen Beilen ins Jenseits beförderten. Man könnte es als ausgleichende Gerechtigkeit bezeichnen, vielleicht sogar als göttlichen Fingerzeig. Hat allerdings nichts genutzt. Er hat genauso weitergemacht wie vorher, und nach ihm all die anderen Mitglieder der Sippe, so lange, bis das Gesetz dem ein Ende gemacht hat.«

»Wann war das?«

»Vor langer Zeit. Natürlich kam es danach auch noch zu Schiffbrüchen. Schließlich ist die Küste tückisch – das war so und wird immer so sein. Aber die Küstenwacht und die verbesserten Navigationsinstrumente machten die Strandräuber arbeitslos. Jetzt sind das nichts als alte Geschichten.«

»Aber ziemlich lebendig wirkende.« Maggie erschauerte erneut. »Es ist fast ein Wunder, dass es hier keine Geister gibt.«

Jack brach in brüllendes Gelächter aus in der Hoffnung, sie davon überzeugen zu können, dass solche Ideen der reine Unsinn seien. Er mochte sie und ihre Kinder und wollte sie nicht beunruhigen, genauso wenig wie er wollte, dass sie abreisten. Außerdem wollte er sie nicht glauben lassen, dass sie alle hier nichts weiter als ein Haufen abergläubischer Hinterwäldler seien. Er selbst hielt nichts davon, doch die Leute erzählten sich Geschichten, und zwar aus der jüngeren Vergangenheit, die mit dem Haus und mit den Ereignissen zusammenhingen, die hier geschehen waren. Keiner, der hier unter diesem Dach wohnte, hatte einen ruhigen Schlaf, sagte man im Dorf.

Es hatte vor ein paar Jahren angefangen, ungefähr zu der Zeit, als Griffiths das Wrack der *Anna Marie* bergen wollte. Er hätte die Ruhe des Schiffs nicht stören sollen, behaupteten die Menschen. Daraus konnte ja nichts Gutes entstehen. Wenn man die Toten wachrüttelte und sie aus ihren kalten Gräbern riss, würden sie ihre kalte und nasse Heimstatt verlassen, um die Lebenden heimzusuchen. So sagte man wenigstens. Nicht dass Jack auf solches Gerede etwas gegeben hätte, aber einige Leute hielten die Tatsache, dass Griffiths das Haus verlassen hatte, als den besten Beweis dafür.

»Nein, keine Geister, da können Sie ganz beruhigt sein«, sagte Jack lächelnd, um sie zu beruhigen. »Ich muss jetzt aber los«, fügte er hinzu. »Mal sehen, was meine Jungs so treiben.«

Ihre Stimmen verklangen, als sie um die Seite des Hauses herumgingen. Finn schloss ihre Augen. Sie war zutiefst beunruhigt von dem, was Jack Treherne über das Haus erzählt hatte, und konnte seine Worte nicht aus ihrem Kopf verbannen. Die Handwerker kamen nun auf diese Seite des Anwesens, um dort ihre Arbeit zu verrichten. Finn schaute zum Haus hinauf, das halb von einem Gerüst umgeben war, und war sich ziemlich sicher, dass sie nur sehr ungern an einem Ort mit einer solch dunklen Vergangenheit bleiben wollte.

6

Unter den Bäumen war es heiß. Die Luft stand förmlich und Finn wurde von ganzen Schwärmen von Mücken geplagt. Schließlich packte sie ihre Sachen zusammen und machte sich auf den Weg zurück zum Haus.

Ihre Mutter und ihre Brüder waren nicht da. Die Handwerker machten gerade Mittagspause. Es war keine Menschenseele zu sehen.

Finn schlenderte durch das Haus, ging von Raum zu Raum, konnte sich aber nicht dazu entschließen, es sich irgendwo gemütlich zu machen. Die dicken Steinmauern hielten das Innere des Hauses kühl. Zunächst hatte sie dies nach der Hitze, die draußen herrschte, als angenehm empfunden, aber jetzt verursachte ihr die Kälte eine Gänsehaut. Sie ging in die Küche und schaute in den Kühlschrank, doch der enthielt nichts, worauf sie Lust hatte. Sie fragte sich, wohin ihre Mutter und Conn und Aidan gegangen waren. Der Wagen stand immer noch im Hof, also waren sie wahrscheinlich unten am Strand, wie jeder normale Mensch, der seine Ferien am Meer verbrachte. Die kalte Stille des Hauses ließ sie erschauern. Finn schnappte sich ihre Badematte und ein Handtuch und schlug die Richtung zum Strand ein.

Sie konnte niemanden sehen. Vielleicht gingen sie zwischen den Dünen spazieren. Die Jungen machten sich einen Spaß daraus, die Abhänge hinunter zu rutschen, und ihre Mutter zeichnete gerne die zierlichen Halme des Strandhafers.

Man hatte alte Bahnschwellen ausgelegt, um den Pfad leichter begehbar zu machen. Sie wollte sie gerade betreten, als sie jemanden ihren Namen rufen hörte.

Es war Mike. Er saß auf der Hafenmauer und aß ein belegtes Brötchen.

»Möchtest du eins? Ich hab jede Menge davon. Meine Mutter packt mir so viele ein, dass man eine ganze Armee damit durchfüttern könnte.«

Finn wollte schon ablehnen, als ihr plötzlich auffiel, dass sie hungrig war. Sie bedankte sich und nahm sich eins mit Käse und Gurke.

»Magst du auch was trinken?« Er griff in seine Kühltasche und zog eine Dose Cola hervor.

»Du bist ja gut ausgerüstet. Ich hatte ja keine Ahnung, dass Handwerker ihr Mittagessen in kleinen geblümten Kühltaschen mit sich herumtragen.«

Er zog ihr die Coladose, nach der sie schon greifen wollte, wieder weg. »Willst du sie nun haben oder nicht?«

»Ja.« Sie streckte ihre Hand aus. Sie war durstig.

»Ja was?«

»Wie bitte?« Sie hatte keine Ahnung, wovon er redete.

»Ja – was?«, wiederholte er langsam und schwenkte die Dose langsam hin und her.

»Oh. Jetzt verstehe ich. Ja *bitte.*«

»Schon besser.« Er reichte ihr die Cola. »Ich wollte dich was fragen.«

»Was denn?«

»Sind alle englischen Mädchen so unhöflich wie du?«

Finn nahm gerade einen großen Schluck Cola und bei seiner Frage verschluckte sie sich und musste husten.

»War ich unhöflich? Das wollte ich gar nicht«, murmelte sie über den Rand der Dose hinweg.

»Schon gut. Entschuldigung akzeptiert.« Mike warf dem Schwarm Seemöwen, der sich in ihrer Nähe versammelt hatte, ein paar Krümel zu. »Doch da ist noch etwas, was ich gerne wissen möchte.«

»Schieß los.« Finn hatte ihre Bemerkung zwar nicht als Entschuldigung gemeint, aber sie widersprach nicht.

»Wie ist das mit deinem Namen? Und was sind die Kinder von Lir? Was hat das zu bedeuten?«

»Ach, das ist nur Mums romantische Ader. Dad hielt es für albern.« Finns Augen nahmen einen abwesenden Ausdruck an. »Schließlich sind wir keine Iren, haben also keine Beziehung zu dieser alten Geschichte. Er sah keinen Sinn darin. Mit mir hat es angefangen und dann kamen Aidan und Conn noch dazu. Dad hielt Mum für übergeschnappt. Vielleicht ist sie das auch, in gewisser Weise. Sie sind beide sehr verschieden. Deswegen sind sie auch nicht miteinander klargekommen. Wie nennt man das doch gleich? Unüberwindliche Abneigung?« Finn verstummte und seufzte auf.

»Und was ist nun mit den Kindern von Lir?«, bohrte Mike nach.

»Oh, ja richtig.« Finn nickte. »Ich bin ein bisschen vom Thema abgeschweift. Entschuldigung. Nun, es ist eine dieser Geschichten, in der die böse Stiefmutter die Kinder verzaubert, um den liebenden Vater zu quälen. In diesem Fall verwandelt sie sie in Schwäne, die bis zum Jüngsten Tag die Flüsse und Seen Irlands heimsuchen und dabei wunderschöne Lieder singen.« Finn lachte. »Die Namen sind allerdings das Einzige, was wir mit den Kindern von Lir gemeinsam haben. Die Jungs quaken wie Frösche und ich hasse Wasser.«

»Es ist aber schön, nach Figuren aus einem Märchen benannt zu werden. Eine nette Idee.«

»Ja, wahrscheinlich.«

Eine Weile sprach keiner von beiden ein Wort, dann sagte Mike: »Wegen gestern. Als wir uns kennen lernten und ich von deinem Vater anfing. Ich habe den Eindruck, dass ich einen wunden Punkt getroffen habe. Wenn das so ist, dann tut es mir Leid ...«

»Das ist es nicht«, unterbrach ihn Finn. »Ganz bestimmt nicht. Ein wunder Punkt, meine ich.« Sie starrte aufs Meer hinaus. »Es ist überhaupt kein Thema. Nicht mehr, jedenfalls. Wir sehen uns noch. Das Ganze läuft sehr zivilisiert ab. Er hat wieder geheiratet. Seine Frau ist jünger als er und sie erwarten ein Baby ...«

Natürlich war es ein Thema gewesen. Sie alle waren mehr oder weniger davon betroffen und verletzt worden. Ihre Mutter am meisten, danach Conn. Er sehnte sich immer noch nach seinem Vater, obwohl er sich das nicht anmerken ließ, denn Conn war Papas Liebling gewesen. Aidan traf es weniger hart. Sie dagegen schon. Es hatte eine Zeit gegeben, da hatte sie gewünscht, er würde gehen, hatte gebetet, dass die Streitigkeiten ein Ende hätten, hatte nichts sehnlicher gewollt als ihn loszuwerden. Aber als er dann weg war, hatte er ein Gefühl der Leere hinterlassen. Sie stellte fest, dass sie Dinge vermisste, die sie vorher nicht einmal wahrgenommen hatte. Sein Rasierzeug im Badezimmer oder seine Aktentasche im Flur, zum Beispiel. Und als er sie verließ, fingen die Träume wieder an. Sie hätte Mike davon erzählen können, aber sie tat es nicht. Sie hatte sich noch niemandem anvertraut, nicht einmal ihrer besten Freundin, und würde nun erst recht nicht einem fast völlig Fremden ihr Herz ausschütten.
»Ich wollte nicht neugierig sein«, sagte Mike. »Ich wollte nur nicht gleich am Anfang in ein Fettnäpfchen treten.«
»Am Anfang wovon?« Ihre Augen verengten sich zu schmalen Schlitzen. »Wenn du nicht neugierig sein willst, dann lass es doch auch. Ist das so schwer zu begreifen?«
»Entschuldige. Ich dachte nur, dass das vielleicht der Grund ist, warum du mir gegenüber so komisch bist.«
»Komisch? Ich bin komisch? Das tut mir aber Leid.« Finn sprang von der Mauer hinab und schreckte die Möwen auf. »Ich gehe Mum und die Jungs suchen. Danke für das Brötchen.«
Was war bloß los mit ihr? Er schüttelte seinen Kopf, während sie auf den Strand zuging. Der Badeanzug und die knappen Shorts, die sie trug, schmeichelten ihren langen Beinen und ihrer schlanken Taille, doch ihr reizbares Temperament passte zu ihren zerzausten roten Haaren, und ihre blaugrünen Augen waren so wechselhaft wie das Meer: In Sekundenschnelle konnte sich dieser Ausdruck von Wärme in Eiseskälte verwandeln. Manchmal bedachte sie ihn

mit einem Blick, als wäre er gerade aus der Gosse gekrochen. Als ob er nur ein verblödeter Hilfsarbeiter wäre. Nun, ein Hilfsarbeiter war er im Moment tatsächlich. Er zielte mit dem Rest seines Brötchens auf die Horde von Seemöwen, die sich wieder auf der Mauer niedergelassen hatte, und hoffte, die fetteste Möwe zu treffen. Er verfehlte sie knapp und das Brötchen wurde unter einer kreischenden Masse pickender Köpfe begraben.

Er war bereits auf dem Weg zurück zur Arbeit, als er sie schreien hörte. Ihre klare Stimme kam aus Richtung der Dünen und war laut und deutlich zu hören.

»He! Aufhören! Hören Sie auf damit!«

Mike rannte in die Sanddünen hinein und stieß fast mit einem Mann zusammen, der ihm auf dem Fußweg entgegenkam. Er war groß und hatte eine ziemlich dunkle Hautfarbe, verschlossene Augen und einen Schnurrbart, dessen lange Enden rechts und links von seinen Mundwinkeln herabhingen. Schulterlanges schwarzes Haar, dass er nach hinten gekämmt hatte, hing über den Kordkragen seines langen Regenmantels. An seiner Seite liefen mit federnden Schritten zwei große langhaarige Spürhunde, deren rosafarbene Zungen zwischen rasiermesserscharfen Zähnen lagen. Der Mann blickte Mike direkt ins Gesicht. Seine schwarzen Augen huschten über die Gestalt des Jungen, doch er zeigte mit keiner Geste, ob er ihn erkannte. Er ging einfach an ihm vorbei mit den Händen in den Manteltaschen, ohne ein Wort des Dankes oder der Entschuldigung dafür, dass Mike ihm ausweichen musste, um ihn vorbeizulassen.

»Was ist passiert?«

Finn stand mit dem Rücken zu ihm. Ihre Arme hatte sie vor dem Körper verschränkt. Ihre Schultern waren gebeugt und sie zitterte. Mike dachte zunächst, dass sie weinte, doch als sie sich herumdrehte, sprühten ihre blauen Augen zornige Funken.

»Hast du das gesehen?«
»Was gesehen?«
»Dieser Mann und seine Hunde.« Sie deutete in die Richtung, in der der Fremde verschwunden war, und zeigte dann vor sich auf den Boden. Ihr Arm zitterte. »Schau dir an, was sie getan haben!«
Ein schlaffes Pelzbündel lag zusammengerollt im Sand.
»Ist es tot?«
»Natürlich ist es tot! Die Hunde haben gerade Tauziehen damit gespielt!« Sie erschauerte. »Er hat einfach nur dagestanden und ihnen zugesehen. Und als ich ihn angeschrien habe – da hat er mich einfach ausgelacht!«
Mike kauerte sich nieder. Das Kaninchen war nur noch ein zerrissener Klumpen Fleisch und Fell. Er schob mit seinen Händen den weichen Sand zur Seite und schaufelte ein flaches Grab.
»Wer war das überhaupt?«, fragte Finn, als er den Kadaver mit Sand bedeckte. »Diese Hunde gehören an die Leine. Ich hasse solche Leute!«
»Das ist Griffiths«, sagte Mike einfach, als würden diese drei Worte alles erklären.
»Dem das Haus gehörte, in dem wir wohnen?«
»Genau der. Woher weißt du das?«
»Ich habe gehört, wie dein Onkel meiner Mum davon erzählte«, erklärte Finn. Gemeinsam machten sie sich auf den Rückweg zum Haus. »Über die Geschichte des Hauses und über die Strandräuber. Waren die Leute aus deiner Familie auch Strandpiraten?«
»Was? Du lieber Himmel, nein!« Er schaute zur Seite und presste die Zähne aufeinander, als hätte sie ihn zutiefst beleidigt. »Die Trehernes waren keine Verbrecher. Sie verdienten ihr Brot als Seemänner und Fischer. Es ist gut möglich, dass meine Vorfahren zu denen gehörten, die hier an Land gespült und ermordet wurden. Wir hatten nichts mit den Strandräubern zu tun. Oder mit Griffiths. Damals nicht und heute auch nicht.«

»Eine Familienfehde?«, fragte Finn, die sich an die Reaktion von Mikes Onkel auf den Namen Griffiths erinnerte.
»Sowas in der Art.« Er beschleunigte seinen Schritt, sodass sie kaum noch mitkam. »Ich habe noch Arbeit. Bis später.«
Er eilte zum Haus und ließ sie einfach stehen. Anscheinend war sie es jetzt, die einen wunden Punkt getroffen hatte.

»Du hast nicht zufällig die Jungs gesehen, oder?«, fragte Maggie Logan, die in der Wohnzimmertür stand.
»Schon eine ganze Weile nicht mehr.« Finn lag auf dem Sofa und sah fern. »Sie waren vorhin mal da und sind dann wieder weggegangen.«
»Das Abendessen ist gleich fertig und ich kann sie nirgends finden. Ich habe so eine Ahnung, dass sie unten am Strand sind, obwohl mir das überhaupt nicht gefällt, wenn sie allein dorthin gehen. Mike hat zwar gesagt, er würde sie im Auge behalten, aber er hat noch andere Dinge zu tun.« Maggie biss sich auf die Lippen. »Hoffentlich geraten sie nicht in irgendwelche Schwierigkeiten.«
Finn teilte die Hoffnung ihrer Mutter, doch sie wusste, dass die Chancen dafür bei ihren Brüdern mehr als schlecht standen.
»Soll ich mal nachsehen und sie holen?« Sie stand auf.
»Das wäre sehr lieb, danke, Finn. Ich würde ja selbst gehen, aber ich bin in der Küche noch nicht fertig.«

Mike war unten am Hafen und half einigen Fischern verschiedene Behälter auf einen Krabbenkutter zu laden. Keiner hatte ihre Brüder gesehen.
»Wir sind schon eine Zeit lang hier«, sagte Mike. »Wir hätten sie sehen müssen, wenn sie zum Strand gegangen wären. Hast du schon in den Dünen nachgesehen?«
Finn blinzelte und folgte mit dem Blick seinem ausgestreckten Arm. Die Dünen erstreckten sich scheinbar endlos, wie eine Art

Mini-Sahara, und liefen an der ganzen Küste entlang. Sie hatte keine Lust dort zu suchen.
»Sie werden schon wieder auftauchen«, sagte sie mit einem Schulterzucken. »Die gehen nicht verloren – leider. Meine Mutter macht sich immer viel zu viele Gedanken.«
»Übervorsichtig?«
»Das kann man wohl sagen.« Finn schaute in das Hafenbecken hinein und betrachtete die Boote. »Welches ist deins?«
Mike zeigte auf die *Little Jenny.*
»Es ist sehr klein«, bemerkte Finn zweifelnd. »Ist es wirklich sicher?«
»Natürlich«, lachte Mike. »Du warst wohl noch nie segeln, oder?«
Finn schüttelte ihren Kopf. Nein. Und sie hatte auch in Zukunft nicht die Absicht.
»Das da gefällt mir schon besser.« Finn deutete auf eine große weiße Jacht, die neben Mikes kleiner Nussschale lag. »Sich an Deck dieses Ungetüms zu sonnen! Es sieht so aus, als würde es in den Hafen von Cannes gehören.« Finn betrachtete das schlanke, kraftvoll wirkende Gefährt. »Ich kenne mich ja mit Booten überhaupt nicht aus, aber das Ding sieht so aus, als hätte es ein Vermögen gekostet.«
»Hat es auch. Das ist die *Anna Marie 2.*« Mikes Augen wurden schmal. »Sie gehört Griffiths.«
Beim Klang dieses Namens schauten zwei der Fischer auf. Einer murmelte etwas Unverständliches in seinen Bart, der andere spuckte ins Wasser.
»Was geschah mit der *Anna Marie 1*?«, fragte Finn.
Mike sah sie scharf an. Er war nicht sicher, ob sie ihn wieder kränken wollte. Er hatte gerade so viel von ihr eingesteckt, wie er gewillt war zu ertragen. Doch die Frage schien in aller Unschuld gestellt zu sein. Schließlich – woher sollte sie davon wissen?
»Das war der Name eines Wracks«, sagte er leise. »Griffiths hatte seine Hand im Spiel beim Bergen der Ladung. Daher kommt sein Vermögen.«

Mike ließ seinen Blick über das Hafenbecken schweifen. Griffiths' Jacht war bei weitem das größte Boot zwischen all den Seglern und Fischkuttern. Es ritt neben ihnen auf den Wellen wie ein Schwan zwischen zerzausten kleinen Enten und dickbäuchigen Gänsen. Er ließ sich nicht weiter über das Thema aus und Finn merkte, dass ein abrupter Stimmungswandel über ihn gekommen war. Einer der Fischer rief ihm etwas zu, aber er antwortete nicht. Seine heiter-spöttische Laune war wie weggeblasen und etwas Dunkles war an ihre Stelle getreten. Er nickte dem Mann, der ihn angesprochen hatte, nur zu und machte das Tau los.

»Aidan und Conn sind nicht hier gewesen«, sagte er, während das kleine Boot aus dem Hafen tuckerte. »Tut mir Leid.«

Er wandte sich ab, als wollte er jeder weiteren Unterhaltung mit ihr aus dem Weg gehen und fuhr fort, Kisten und Behälter zu stapeln.

Als Finn nach Hause kam, waren ihre Brüder bereits da. Sie waren stiller als sonst, besonders Conn, aber gesund und munter, wie immer. Finns Gedanken schweiften zurück zu dem Gespräch mit Mike. Was hatte er nur gegen diesen Griffiths? Warum war Mike so wütend geworden, als die Jacht zur Sprache kam? Vielleicht war er neidisch. Hätte selbst gerne so ein tolles Gefährt anstatt des kleinen Segelbootes. Aber irgendwie erschien ihr Mike nicht der Typ für so etwas. Außerdem betraf es nicht nur ihn. Auch sein Onkel hatte sich komisch verhalten, als er über Griffiths gesprochen hatte. Allein der Name genügte bereits, um beiden Trehernes die Laune zu verderben. Sie ahnte, dass die Abneigung zwischen den beiden Familien eine lange Tradition hatte: Tief liegende Strömungen voller Hass flossen zwischen ihnen, die heute noch fast genauso stark waren wie in der Vergangenheit. Die Menschen, die hier lebten, kamen Finn mit einem Mal genauso trügerisch vor wie das Meer. Sie mochten freundlich erscheinen, aber über bestimmte Dinge sprach man einfach nicht. Unter einer spiegelglatten Oberfläche lagen Geheimnisse verborgen wie unsichtbare Klippen.

7

In dieser Nacht träumte Finn, dass es bereits Morgen wäre. Durch ihr Fenster drangen die Geräusche des Tages: Das *Klack, Klack, Klack* der Werkzeuge, mit denen das Gerüst aufgebaut wurde, Stimmen, die sich unterhielten, das Knarren des Holzes, das sich unter dem Gewicht der Männer bog, die um das Haus herumliefen und Leitern emporkletterten. Die Handwerker waren bereits da. Von oben drang eine Art Klappern und Rutschen: Die Arbeit am Dach hatte begonnen. Finn öffnete ihre Augen. Ihre Vorhänge waren offen. Sie fuhr in die Höhe und dachte zuerst, dass sie verschlafen hätte und die Männer in ihr Schlafzimmer schauen könnten. Doch der Himmel war immer noch dunkel. Wie war das möglich?

Mit einem Mal waren alle Geräusche verstummt. Das war wahrscheinlich wieder einer jener Träume, bei denen man glaubte wach zu sein, während man in Wirklichkeit noch schlief. Ja, das musste es sein. Was sie gehört hatte, war vermutlich der Wind gewesen, der sich im Gerüst verfangen hatte. Ein Seil oder etwas Ähnliches, das gegen Metall geschlagen hatte …

Wie um ihre Vermutung zu bestätigen, erklang ein trockener Knall, dann noch einer, dann eine Art Prasseln, gefolgt von einem Tropfenhagel, der das Fenster traf. Es regnete wohl, obwohl der gestrige Tag klar gewesen war, auch noch am späten Abend. Wenn man Mike und seinem Onkel glauben durfte, war das Wetter hier sehr wechselhaft: In einem Augenblick schien die Sonne, im nächsten zog ein Sturm auf. Wahrscheinlich war genau das eingetreten.

Sie setzte sich auf. Da, wieder dieses Geräusch. Doch diesmal war sich Finn nicht mehr so sicher, woher es kam.

Es klang nass, so viel war sicher, aber irgendwie fester und härter, als sie zunächst gedacht hatte. Nein, nicht richtig hart, aber es war etwas, das ein gewisses Gewicht hatte, mit dem es mit einem rhythmischen Klopfen gegen das Fensterglas schlug. Finn hatte keine Ahnung, was das sein konnte. Eine Gänsehaut kroch an ihren Armen empor und die Haare in ihrem Nacken stellten sich auf. Sie sank zurück in ihr Bett und zog sich die Decke über den Kopf.

Am Morgen lagen Sandklumpen auf dem äußeren Fenstersims und auf der Gerüstplanke vor ihrem Fenster. Finn zerbröselte einen Brocken festen Sandes zwischen ihren Fingern. Die Körner waren noch nass und klebten an ihrer Haut, obwohl der Boden rundherum knochentrocken war und der Himmel klar und strahlend blau. Wieder hörte sie Stimmen.

Mike und Aidan saßen am anderen Ende des hölzernen Gerüsts und ließen die Beine baumeln. Sie pfiff kurz, um ihre Aufmerksamkeit zu erregen. Die beiden schauten nach unten und blickten sich um, konnten aber nicht feststellen, woher der Pfiff kam. Also wischte sich Finn den Sand von den Händen, steckte zwei Finger in den Mund und pfiff erneut, diesmal so durchdringend, dass ihre eigenen Ohren klingelten.

»Oh, hallo, hab dich gar nicht gesehen.« Mike stand auf und kam zu ihrem Fenster.

»Du bist früh dran.« Die Sonne hatte sich kaum über das Hausdach erhoben.

»Wir müssen das gute Wetter ausnutzen. Wo hast du gelernt so zu pfeifen?«

»In der Grundschule auf dem Schulhof. Ein Junge namens Jeremy hat's mir beigebracht.«

»Nun, du hältst dich damit besser etwas zurück.« Er schaute sie ernsthaft an. »Es sei denn, du willst die Handwerker vom Dach scheuchen.«

»Warum das denn?« Aidan stieß ebenfalls einen leisen Pfiff aus und schaute ihn fragend an.
»Die meisten sind Fischer.«
»Na und?«
»Sie sind abergläubisch. Wie alle Seeleute.« Er hielt ein Stück hellblauen Seils in der Hand, ein Stück jener Taue, mit denen die Gerüstteile auf dem Laster festgezurrt waren, und wand und knotete es unentwegt, während er sprach. »Auf einem Schiff zu pfeifen, gilt als sehr, sehr schlechtes Omen. Besonders, wenn es eine Frau ist, die pfeift.«
»Kein Wunder. Frauen sind immer ein schlechtes Omen.« Aidan grinste, als Finn ihn böse anfunkelte. Aber sie ignorierte die Bemerkung ihres Bruders.
»Warum gilt es als schlechtes Omen?«, fragte sie.
»Weil man befürchtet, dass sie den Wind herbeirufen könnte. Und das können wir hier nun wirklich nicht gebrauchen, besonders dann nicht, wenn wir auf dem Dach arbeiten.«
Es war schwer zu sagen, ob er sich einen Scherz erlaubte oder ob er es ernst meinte.
»Warum haben sie Angst vor einer Frau?«
»Weil sie eine Hexe sein könnte.«
»Nun, in deinem Fall lägen sie ja gar nicht so falsch«, feixte Aidan. »Die Beschreibung passt genau auf dich.«
»Weiß Mum, dass du hier draußen bist?«, fragte Finn mit ihrer mahnenden Stimme der großen Schwester. Der Tag hatte kaum angefangen und ihr Bruder ging ihr jetzt schon auf die Nerven.
»Sie hat's mir nicht verboten.« Die Sicherheit in Aidans Stimme schwand dahin.
Finn lachte. Sie wusste, dass sie ihn nun in der Hand hatte. »Nur weil sie nichts davon weiß …« Sie schaute in Aidans listiges kleines Gesicht und plötzlich kam ihr ein Gedanke. Sie fragte sich, warum sie nicht schon eher darauf gekommen war. Dabei war es so offen-

sichtlich. »Ich nehme an, das warst du hier draußen letzte Nacht, oder? Du warst doch wohl derjenige, der mein Fenster mit Sand und was weiß ich noch beworfen hat, nicht wahr?«
»So ein Quatsch!« Aidans Gesicht nahm einen entsetzten Ausdruck an. »Ich würde doch nicht nachts hier rauskommen. Ich könnte ja runterfallen. So dumm bin ich nun wirklich nicht.«
»Dann war es Conn. Er ist so dumm.« Finn schaute sich suchend auf dem Gerüst um. »Wo ist er überhaupt?«
»Keine Ahnung.« Aidan zuckte mit den Schultern, aber er blickte Finn nicht in die Augen. »Ich bin doch nicht sein Kindermädchen.«
»Es muss einer von euch gewesen sein.«
»Ich war's nicht und er auch nicht. Ich weiß überhaupt nicht, wovon du redest, Finn.«
»Davon.« Finn deutete auf die verstreuten Sandklumpen.
»Das stammt wahrscheinlich von den Stiefeln der Arbeiter.«
»Das ist eine andere Art von Dreck, der an ihren Schuhen klebt. Der ist lehmig und rötlich. Dies hier sieht mehr aus wie Sand vom Strand …«
»Ach ja? Na, dann hat ihn wahrscheinlich jemand hier hochgeschleppt.«
»Ja. Und zwar du.«
»Nee.« Aidan schüttelte den Kopf. »Such dir einen anderen Dummen, Finn. Diesmal war ich's nicht.«
»Tja«, sagte Mike und schubste die kleinen Klumpen mit dem Fuß auf den trockenen Boden. »Er hat schon Recht. Möglicherweise haben ihn wirklich die Arbeiter an ihren Stiefeln auf ihrem Weg zum Dach hier heraufgeschleppt.«
»Vielleicht«, stimmte Finn widerstrebend zu.
Was kümmerte es ihn? Er war ja nicht derjenige, der Nacht für Nacht voller Angst aufwachte.
Finn hatte keine Lust mehr weiter darüber zu reden. Am besten ließ sie die Dinge auf sich beruhen und wartete, bis ihre Zeit gekom-

men war. Denn wenn es tatsächlich Conn und Aidie waren, die ihr diese Streiche spielten, würde sie sie früher oder später erwischen – und dann Gnade ihnen Gott! Aber was, wenn sie tatsächlich nichts damit zu tun hatten?

»Was sollte es denn anderes sein?« Mike schaute sie fragend an.

»Nichts. Schon gut.« Sie wischte sich den Sand von den Händen und wechselte das Thema. »Was hattet ihr beide denn gerade vor? Bevor ich euch unterbrochen habe, meine ich.«

»Mike bringt mir bei, wie man Seemannsknoten knüpft.« Aidan zog ein Bündel Schnüre aus seiner Hosentasche hervor. »Und er erzählt mir Geschichten.«

»Zum Beispiel?«

»Über Seeungeheuer und Zauberer, lauter spannende Sachen. Mit bestimmten Knoten kann man Stürme heraufbeschwören!« Aidan hielt das Ergebnis seiner eigenen Anstrengungen hoch: eine schlampig geknüpfte Reihe von Altweiberknoten.

»Wie bitte?« Finn schaute Mike entgeistert an.

»Na ja, nicht direkt«, erwiderte Mike verlegen. »Ich habe ihm nur ein paar alte Legenden aus der Gegend hier erzählt. Wird dich kaum interessieren.«

»Vielleicht doch. Versuch's mal.«

»Du erinnerst dich noch an die Vipern?« Er deutete mit dem Kopf aufs Meer hinaus, wo sich die Wellen an den gezackten schwarzen Felsen brachen. »Eine Legende besagt, dass dies das Maul des *Afanc* sei, eine Art Seeungeheuer, das aussehen soll wie eine Riesenschlange, die zusammengerollt tief im Meer liegt und nur den Kopf über Wasser hält. In den alten Zeiten glaubte man, dass einige Leute – Hexen, Magier oder Sturmbeschwörer, wie man sie hier zu Lande nennt – die Macht hatten, den Wind herbeizurufen oder Schiffe an die Küste zu locken, wenn sie auf einem bestimmten Felsen standen, und zwar auf dem Fluchstein. Das Schiff würde auf die Vipern auflaufen, um den *Afanc* zu füttern.«

»Als eine Art Opfer?«
»So etwas Ähnliches. Allerdings ein nicht ganz uneigennütziges Opfer: Die Menschen an der Küste durften behalten, was der *Afanc* ihnen übrig ließ. Außerdem glaubten sie, dass das Ungeheuer sie selbst verfolgen würde, wenn sie es nicht täten. Es ist besser Fremde zu opfern als das eigene Leben zu riskieren. Aber das ist nur eine alte Geschichte …« Mike blickte ausdruckslos vor sich hin, die Augen gegen die helle Sonne zusammengekniffen. »Trotzdem ist etwas Eigenartiges an dem Felsen. Die Fischer aus dem Ort halten sich davon fern. Abgesehen davon, dass die Klippen für Seeleute gefährlich sind, ist es außerdem eine Tatsache, dass in unmittelbarer Nähe der Vipern jeder Kompass verrückt spielt.«
»Erzähl mal, wie die Magier die Schiffe herbeiriefen«, verlangte Aidan. Das war sein Lieblingsteil der Geschichte.
»Eine Möglichkeit war mit Hilfe eines Seils, wie diesem hier.« Mike hielt das hellblaue Taustück gespannt zwischen seinen beiden Händen. »Oder einem Stück Kordel oder einem Faden. Dann musste man drei Knoten in einer Reihe knüpfen. Mit jedem Knoten, der gelöst wurde, nahm der Wind zu.«
»Was für eine Art von Knoten?«, fragte Finn neugierig.
»Ganz gewöhnliche Seemannsknoten, nehme ich an. Vielleicht einen Palstek, so wie dieser hier. Dann eine Acht und danach möglicherweise eine Art Stopperstek.« Während er sprach, knüpfte er den dritten Knoten. »Etwas Ausgefalleneres vielleicht, so etwas wie eine Affenfaust.« Er ballte seine Hand zur Faust. »Der sieht so aus. Der erste Knoten rief eine sanfte Brise herbei. Der zweite«, sagte er und zog den mittleren Knoten fest, »brachte einen stärkeren Wind.«
»Und der dritte?«, fragte Aidan, der die Antwort schon wusste.
Mike wickelte das Seil um die Finger seiner linken Hand und zog das andere Ende hindurch, um so einen keulenartigen Knoten zu formen.

»Mit dem dritten Knoten, der gelöst wurde, beschwor man einen Sturm herauf. Ein Unwetter – einen Orkan!«
»Und die Leute glaubten wirklich daran?«
»Oh ja.« Mike wandte sich Finn zu. »Die Seeleute kauften kleine Seilstücke, in die Knoten geknüpft waren, um sie mit auf die Reise zu nehmen. Es war nützlich, wenn man den Wind herbeirufen konnte, besonders, wenn man auf einem Segelschiff fuhr. Aber sie werden sich wohl gehütet haben, den letzten Knoten zu lösen. Hier«, sagte er und reichte Aidan das geknotete Seil. »Ich mache jetzt besser weiter. Ich muss demnächst mit dem Laster zum Lager fahren.« Er schaute auf den Jüngeren hinunter. »Hast du immer noch Lust mitzukommen?«
»Klar!«
»Was ist mit Conn?«
»Keine Ahnung. Er ist schlecht gelaunt. Ich weiß auch nicht warum.«
Mike zuckte mit den Schultern. Er würde niemanden zwingen.
»Alles klar. Wir sehen uns dann später. Mach keinen Unfug mit den Knoten.«
Er zwinkerte Aidan zu und wandte sich mit einem Lächeln ab, aber es war schwer zu sagen, ob er die Sache ernst nahm oder nicht.
»Glaubst du daran?«, fragte Aidan, während Mike die Leiter hinauf zum Dach kletterte.
»Natürlich nicht«, antwortete Finn. »Was machst du da?«
Aidan fummelte am ersten Knoten herum.
»Hier«, sagte er und bog das lose Ende des Seils zu einer Schleife.
»Dieser Teil heißt ›Bucht‹. Das Ende muss man so herum legen …«
Weit draußen auf dem Meer schien sich die Wasseroberfläche mit einem Mal zu kräuseln und stärker zu bewegen. Das Wasser leuchtete erst blau, dann grün, dann wieder blau, wie schillernde Seide. Vorher war die See spiegelglatt gewesen, kein Lüftchen hatte sich gerührt, doch mit einem Mal knarrten die Äste der Kiefern im

aufkommenden Wind und die Nadeln rieben mit einem lauten Rascheln aneinander.
»Hör auf damit!«
»Ich will doch nur wissen, wie er's gemacht hat.«
»Lass es sein.«
Finn streckte ihre Hand aus, um seine zu ergreifen. Sie hatte sich nie auch nur für im Mindesten abergläubisch gehalten, aber sie hätte ihm das Seil abgenommen, wenn er es nicht schnell außer Reichweite gezogen hätte.
»Es gehört mir!«, giftete Aidan. »Er hat es mir geschenkt. Du kriegst es nicht. Ich will es Conn zeigen. Außerdem hast du doch selbst gesagt, dass du nicht daran glaubst. Also, wo ist dein Problem?«
Als Antwort schüttelte Finn nur den Kopf. Bis eben war ihr nicht bewusst gewesen, dass sie tatsächlich ein Problem hatte. Vielleicht sollte sie jemandem von ihren nächtlichen Erlebnissen erzählen und von der Unruhe, die sie verspürte. Aber wem? Ihre Mutter würde sich nur wieder Sorgen machen und es schien ihr hier wirklich zu gefallen. Sie machte einen glücklichen Eindruck. Finn wollte ihr dieses Gefühl nicht verderben. Sie wusste, dass ihre Mutter eine schwere Zeit durchgemacht hatte, als ihr Vater sie verlassen hatte, und daher war es ihr schon zur Gewohnheit geworden, unangenehme Dinge nicht anzusprechen.
Finn zitterte, als der kühle Windhauch von der See über ihre Haut strich. Er kam vom Meer und schien ihre Träume zurückzubringen. Wieder überkam sie dieses eigenartige Gefühl von Déjà-vu und Vorahnung, das auch ihren nächtlichen Visionen eigen war. Das Gefühl, dass etwas Schreckliches passieren würde.

8

Wo steckte Conn bloß?
Aidan hatte den ganzen Morgen mit Mike verbracht. Sie waren in der Werkstatt gewesen und hatten Besorgungen mit dem Transporter erledigt. Auf dem Rückweg hatten sie in einem Café Rast gemacht. Aidan hatte seinen Bruder gar nicht vermisst, bis jetzt. Und jetzt war es schon Nachmittag. Am Morgen war Conn schlecht gelaunt und gereizt gewesen und nun schien er wie vom Erdboden verschluckt zu sein.
Aidan hatte ihm das Seil gezeigt, das Mike geknüpft hatte, hatte es ihm sogar geschenkt, aber Conn schien nicht besonders interessiert zu sein. Er hatte es ohne große Umstände in seine Hosentasche gestopft. Aidan hatte ihn gefragt, ob er zusammen mit ihm und Mike in die Stadt fahren wollte, aber Conn hatte nur mit den Schultern gezuckt und behauptet, dass er andere Dinge zu tun hätte. Aidan hatte so eine Ahnung, was das sein könnte und er wusste, dass Conn deswegen ziemlichen Ärger bekommen konnte, aber er machte keinen Versuch ihn davon abzuhalten. Er war gekränkt, dass Conn seine Freundlichkeit zurückgewiesen hatte. Jetzt aber war es, wie gesagt, schon Nachmittag und Conn war immer noch nicht wieder aufgetaucht. Aidan stand in der Küche und biss sich auf die Unterlippe. Er hätte ihn niemals alleine gehen lassen dürfen …
»Hast du Conn gesehen?«, fragte er Finn, die gerade zur Tür hereinkam.
»Nein, ich dachte er wäre bei dir und Mike.«
Aidan schüttelte den Kopf.

»Er steckt bestimmt irgendwo …« Finn schaute sich suchend um. »Er ist nicht zufällig mit Mum unterwegs, oder?«
Nun war es an ihr, den Kopf zu schütteln.
Aidan sagte nichts mehr, doch er wirkte besorgt.
»Wo glaubst du denn, dass er ist?«, fragte Finn leise. Sie wusste, dass Aidan irgendetwas verbarg. Sie kannte die Anzeichen. Sie wusste genau, wenn einer von beiden etwas im Schilde führte. »Es ist besser, wenn du's mir sagst. Mum kann jede Minute zurückkommen.«
»Möglicherweise … vielleicht ist er zu diesem Haus hochgegangen – Mr Griffiths Haus.«
»Warum sollte er das tun?«
»Um seinen Ball zurückzubekommen. Den aus echtem Leder, den Dad ihm gekauft hat.«
»Wie kommt Mr Griffiths zu Conns Ball?« Finn setzte sich auf einen Stuhl.
»Gestern Nachmittag – nun, wir haben auf der Wiese neben seinem Haus Fußball gespielt. Da hat Conn den Ball versehentlich in seinen Garten gekickt. Wir sind rübergegangen, um ihn zu suchen, aber wir konnten ihn nicht finden. Nach dem Abendessen waren wir nochmal da, aber es war schon dunkel und die Hunde fingen an zu bellen. Conn sagte, er würde am Morgen wieder hingehen. Aber er hätte schon seit Stunden zurück sein sollen.«
»Okay, okay.« Finn stand auf. »Wir gehen ihn besser suchen. Vielleicht hat Mike ihn gesehen. Möglicherweise kann er uns helfen.«

Mike fand Conn in dem kleinen Wäldchen oberhalb des Hauses. Er saß unter einer Kiefer.
»Alles in Ordnung?«
Conn nickte und wischte sich das Gesicht an seinem Ärmel ab.
»Was ist los?« Mike bemerkte, dass der Junge weinte und kniete neben ihm nieder.

»Nichts.« Conn schniefte und schaute zur Seite. Es war ihm peinlich, dass Mike ihn in Tränen aufgelöst vorgefunden hatte. Zwischen seinen Knien baumelte ein Fußball, aus dem halb die Luft herausgelassen worden war.
»Wo hast du gesteckt?«
»Ich war oben beim Griffiths-Haus und habe meinen Ball gesucht. Er hat mich nicht erwischt. Ich habe gewartet, bis er weg war. Und ich bin auch nicht ins Haus gegangen oder sowas«, fügte er rasch hinzu. »Ich habe nur mal durch die Fenster gesehen. Neben der Hintertür habe ich das da gefunden.« Er hielt den durchlöcherten Ball in die Höhe, um Mike die Bissspuren im Leder zu zeigen. »Er hat ihn seinen Hunden zum Spielen gegeben.«
Er schwieg und kämpfte erneut mit den Tränen.
Mike nickte mitleidig. »Er kann richtig gemein sein. Echt fies. Einmal hat er behauptet, ich hätte mir an seinem Boot zu schaffen gemacht und drohte meinem Dad mit einer fetten Reparaturrechnung. Am besten, man geht ihm aus dem Weg.«
Conn ließ den Kopf hängen und versuchte zu verbergen, dass er schon wieder weinte.
»Ist schon gut«, sagte Mike leise. »Finn hat mir erzählt, dass der Ball etwas ganz Besonderes war. Dein Vater hat ihn dir geschenkt. Ich hatte einmal eine Uhr, eine nachgemachte Rolex aus Thailand. Die war auch was Besonderes für mich. Mein Onkel hat sie für mich gekauft …«
»Jack?«
»Nein.« Mike schüttelte den Kopf. »Ein anderer Onkel. Er ist schon tot. Nun ja, ein Typ in der Schule wollte sie mir klauen. Die Sache artete in eine Prügelei aus und dabei ist einer von uns beiden auf die Uhr getreten. Als das passierte, habe ich auch geweint und ich war schon viel älter als du.«
Conn schaute ihn unter Tränen an. »Ich wette, du hast's dem Typen ganz schön heimgezahlt.«

»Das stimmt, aber dadurch wurde die Uhr auch nicht wieder ganz und ich habe mich immer noch mies gefühlt.« Er stand auf und hielt Conn seine Hand hin, um ihm beim Aufstehen zu helfen. »Ich sag dir was: Hättest du Lust mit mir segeln zu gehen? Auf meinem Boot? Wie wäre das?«

»Ja«, sagte Conn und schniefte ein letztes Mal. Der Hauch eines Lächelns leuchtete in seinen Augen auf. »Das hört sich gut an.«

»Alles klar. Also abgemacht.« Mike nahm ihn bei der Hand und zog ihn hoch. »Hier«, sagte er und reichte ihm ein Taschentuch. »Putz dir die Nase.«

»Kann ich auch mitkommen?«, fragte Aidan.

»Klar.« Mike wandte sich zu Finn. »Wie steht's mit dir?«

Finn schüttelte den Kopf.

»Wirklich nicht? Ich bin für alles gewappnet, mit Schwimmwesten und der ganzen Ausrüstung. Und du brauchst keine Angst zu haben: Ich bin ein ausgebildeter Segellehrer.« Er schaute nach oben. Der Himmel war blau und die Luft klar. Eine leichte Brise raschelte durch die Blätter der Bäume. »Es ist tolles Wetter zum Segeln.«

»Nein, danke«, sagte sie und schüttelte erneut den Kopf. Ihre Ablehnung hörte sich spröde und kurz angebunden an.

Mike zuckte die Schultern und warf ihr ein schiefes Grinsen zu, als wollte er sagen: ›Ganz wie du meinst.‹

»Sie ist wasserscheu«, johlte Aidan.

»Stimmt. Wasser macht ihr Angst«, fügte Conn hinzu. Beiden war Finns rigoroses ›Nein‹ ziemlich unangenehm.

»Was ist los mit dir?«, fragte Mike. Dann dämmerte es ihm. »Kannst du etwa nicht schwimmen?«

Conn und Aidan kicherten.

»Das ist doch nicht schlimm«, meinte Mike. »Früher konnten die meisten Seeleute und Fischer nicht schwimmen.«

»Warum nicht?«

»Wahrscheinlich dachten sie, dass es sich nicht lohnt es zu lernen. Sie glaubten, wen die See haben wollte, würde sie auch kriegen. Man kann das Meer nicht austricksen. Schwimmen bedeutete nur, dass das Ertrinken länger dauerte. Erst als ...«

»Nun, das ist ja alles hochinteressant«, unterbrach ihn Finn, »aber Tatsache ist, dass ich sehr wohl schwimmen kann.« Sie war wütend über die Art und Weise, wie ihre Brüder sich über sie lustig machten. Sie fühlte sich von ihnen im Stich gelassen und außerdem gaben sie Mike die Gelegenheit, sich ihr wieder einmal überlegen zu fühlen. »Wenn du es genau wissen willst: Ich bin sogar eine ziemlich gute Schwimmerin«, fügte sie kühl hinzu. »Ich habe sogar schon Schwimmwettbewerbe gewonnen, im Schwimmbecken in der Schule, meine ich.«

Swimming Pools machten ihr keine Angst. Dort fühlte sie sich sicher. Alles war sauber und gechlort. Man konnte den Boden sehen, die Beckenränder und durch das Blau hindurch auch die Bahnmarkierungen, von den Wellenbewegungen verzerrt und durchbrochen. Es gab Stufen und Geländer und alle paar Meter zeigte eine Markierung am Rand an, wie tief das Wasser war. Das Meer war anders. Es schmeckte nach Salz und erstreckte sich endlos bis zum Horizont. Finn schauderte. Bodenlos tief. Schrecklich.

Mike runzelte die Stirn. Er hatte keine Ahnung, was er davon halten sollte. Finn zuckte mit den Schultern und wandte seiner bemitleidenswerten Verständnislosigkeit den Rücken zu. Wie hätte sie die Sache auch erklären sollen? Ihm, der fast Kiemen zu haben schien anstatt Lungen. Der sich im Wasser wie zu Hause fühlte.

»Niemand zwingt sie mitzukommen«, sagte Mike zu Conn und Aidan. »Es wäre sowieso ziemlich eng geworden.«

»Wann fahren wir?«, fragte Conn. Er hatte seine gute Laune wiedergefunden. Alle Tränen waren vergessen.

»Wie wäre es mit gleich?«

»Wow! Cool!«

»Wie groß ist dein Boot?«
»Hat es auch einen Motor?«
»Ist es schwer zu segeln?«
»Welches ist es?«
Die Jungen bombardierten Mike mit Fragen, während sie gemeinsam hinunter zum Hafen gingen.
»Das dort drüben.« Mike deutete auf sein Segelboot. »Die *Little Jenny.*«
»Das ist ja nicht besonders groß.« Conns Stimme hatte einen leicht enttäuschten Unterton.
»Groß genug«, grinste Mike. »Sie sieht nur von hier oben klein aus.«
»Welches Boot gehört Griffiths?«
»Das liegt da drüben.« Mike zeigte auf die weiße Jacht. »Das Motorboot dort.«
»He!« Conns Augen wurden groß. »Das ist ja riesig!«
Mike nickte. »Ja.«
»Hast du wirklich daran rumgefummelt, wie er behauptet hat?«
Mikes Lächeln erlosch. Sein Gesicht verdüsterte sich.
»Ich werd's jedenfalls tun«, fuhr Conn fort. Bei Mike fühlte er sich sicher, so sicher, dass er seinen ganzen Hass hervorsprudeln ließ. »Jetzt, wo ich weiß, welches Boot seins ist, werde ich nachts zum Hafen gehen und das Ding ein bisschen demolieren. Ich werde Löcher in den Boden bohren und diesen Stöpsel herausziehen – wie nennt man das doch gleich?«
»Ablasshahn«, murmelte Mike geistesabwesend. Er starrte auf das lange schlanke Motorboot, das von der steigenden Flut langsam aus dem Schlamm gehoben wurde. »Nein, das wirst du nicht.« Er schüttelte langsam den Kopf. »Du wirst nichts dergleichen tun. Du wirst dich nicht einmal in die Nähe der Jacht wagen.« Er sah Conn direkt in die Augen. Seine Stimme klang ernst und sein Gesichtsausdruck war streng. »Du wirst dich sowohl von Griffiths' Haus als

auch von seinem Boot und ganz besonders von ihm selbst fernhalten. Hast du mich verstanden?«
Conn schluckte und nickte. Angesichts dieser heftigen Ermahnung kamen ihm wieder die Tränen. In diesem Augenblick war er sich nicht sicher, vor wem er mehr Angst hatte, vor Mr Griffiths oder Mike.

9

Man konnte nicht behaupten, dass Finn das Meer verabscheute. Von ihrem Standpunkt aus, hoch oben auf den Klippen, erkannte sie seine ganze Schönheit. Sie blickte nach unten und betrachtete das wechselvolle Farbenspiel auf der gekräuselten Oberfläche, die Schattierungen, die von der Küste weg immer dunkler wurden – von einem blassen Aquamarin über Azur bis hin zu dem dunklen, fast schwarzen Blau der offenen See. Sie fand es schön – aus der Ferne betrachtet.

Es war auch nicht so, dass sie sich fürchtete, jedenfalls nicht im herkömmlichen Sinne. Es war vergleichbar mit dem Gefühl, hier oben auf der Klippe zu stehen. Finn hatte keine Höhenangst. Sie verließ den Fußweg und kletterte den terassenförmigen Abhang hinunter, bis sie schließlich am äußersten Ende stand, nur um sich zu beweisen, dass es tatsächlich so war. Ein paar Büschel hartes Gras klammerten sich an den trockenen, bröckeligen Boden vor ihren Füßen, danach kam das Nichts. Finn konnte sich problemlos hinauslehnen und die blanke Klippenwand entlang nach unten in die kleine Bucht schauen, ohne auch nur einen Hauch von Furcht zu verspüren. Und doch konnte sie die Menschen verstehen, die anders empfanden.

Finn wusste, was sie fühlten. Sie wusste genau, warum einige Menschen hoch gelegene Orte mieden. Es hatte nichts damit zu tun, dass man Angst hatte herunterzufallen. Es war viel komplizierter. Die wirkliche Furcht, der absolute Schrecken, kam nicht durch die Angst, sondern vielmehr durch eine Art Sehnsucht. Einige Menschen wagten sich nicht hier herauf, weil sie sich selbst nicht trau-

ten: Sie konnten nicht sicher sein, dass sie nicht hinunterspringen würden. Nicht sicher, dass sie diesen einen Schritt zu weit nach vorn nicht machen würden.
Genauso war es mit Finn und dem Meer. Sie konnte nicht hinausfahren, durfte nicht einmal so weit hinausgehen, dass sie nicht mehr stehen konnte. Andernfalls würde sie das Verlangen überkommen hinunterzutauchen und niemals mehr nach oben zu kommen. Hinunterzutauchen, tiefer und tiefer, sich treiben zu lassen bis in die unerforschten Abgründe und sich den Ertrunkenen anzuschließen.
Als Finn noch sehr klein gewesen war, war ihr etwas Furchtbares widerfahren. Einige würden es ein »Nahtoderlebnis« nennen. Sie war auf der Schwelle des Todes gewesen und zurückgekehrt. Hier lag die Wurzel ihrer Träume und ihrer Ängste, und vielleicht die Wurzel vieler anderer Dinge.
Bislang hatte sie während dieser Ferien die Erinnerung daran erfolgreich vermieden. Hier in dieser Umgebung daran zu denken, erschien ihr zu gefährlich. Aber die Erinnerung hatte sich in ihren Kopf eingeschlichen, eingeladen durch einen zufälligen Gedanken, eine nebensächliche Bemerkung, bis sie schließlich in ihr Bewusstsein gedrungen war. Es war vor so langer Zeit passiert, dass sie sich nicht sicher war, wie viel von der Geschichte ihrem eigenen Gedächtnis entsprang und wie viele Details durch die Erzählung der Erwachsenen ergänzt wurden.
Sie wäre beinahe ertrunken. Sie war vorher erst ein- oder zweimal am Strand gewesen und dies war das erste Mal, an das sie sich überhaupt erinnerte. Sie war etwa drei Jahre alt. Conn war noch nicht geboren und falls Aidan bereits da war, hatte sie keine Erinnerung an ihn. Sobald sie das Meer erblickte, fing sie an zu rennen. Vor ihrem geistigen Auge sieht sie sich selbst, eine kleine Gestalt in einem grünen Badeanzug mit weißen Streifen und weißen Trägern, die über den Sand saust. Ihr rotes Haar weht hinter ihr her wie eine

Fahne. Sie trifft auf die Brandung, die an das Ufer rollt, aber sie bleibt nicht stehen. Sie stürzt sich hinein, taucht in die Welle und tief in das Seegras, das im Wasser treibt. Finn beobachtet sich selbst, als schwebe sie wie ein Vogel über der Szene. Ihr rotes Haar ist mit grünem und rotem Tang verflochten, der ihren Körper einwickelt wie Leichentücher.
Sie weiß nichts mehr von dem Schock angesichts der Kälte des Wassers und kann sich nicht daran erinnern, dass sie nicht atmen konnte. Sie weiß nur noch, wie friedlich es dort war und dass sich Hände nach ihr ausstreckten. Vielleicht spielt ihr ihr Gedächtnis einen Streich, vielleicht hatte sie im Wirbel der Wellen die Orientierung verloren, wahrscheinlich kamen diese Hände von oben – aber in ihrer Erinnerung sieht sie deutlich Hände aus der Tiefe nach ihr greifen. Finger, lang und weiß, strecken sich ihr aus dem Abgrund des Ozeans entgegen und im gedämpften Rauschen der Brandung glaubt sie Stimmen zu hören, die nach ihr rufen.
Plötzlich blendet sie grelles Sonnenlicht. Die Luft ist von Lärm erfüllt, von schrillen Rufen und Schreien. Sie sehnt sich zurück unter Wasser. Dort war es gemütlich und sie fühlte sich wohl. Doch stattdessen wird sie aus dem Meer geschleppt, aufgehoben und in die Welt da oben zurückgezerrt.
Finn sieht ihre Mutter vor sich. Ihr langes Sommerkleid ist tropfnass und klebt an ihren Beinen. Sie rennt den Strand entlang, schluchzend, mit angstverzerrtem Gesicht. Ihr eigenes Gesicht schimmert weiß im Arm der Mutter. Ihre Augen sind fest geschlossen, die Haut um die Lippen ist bläulich verfärbt, wie damals, als sie sich mit Filzstift einen Schnurrbart angemalt hatte und ihn nicht mehr abwaschen konnte. In ihren Haaren hat sich Seegras verfangen: ein lila Gekräusel und hellgrüne Blätter, wie bunter Salat.
Jetzt liegt sie auf dem Sand. Ein Mann kniet neben ihr und beugt sich über sie. Sie sieht ihn von hinten, sieht seinen Rücken, braun und mit glänzenden Wassertropfen übersät. Er trägt eine Badeho-

se, die mit orangefarbenen und schwarzen Spiralen gemustert ist. Ihr eigenes Gesicht kann sie nicht sehen und auch nicht, was er mit ihr macht, aber plötzlich hört sie sich husten und spucken. Sie schaut zu ihm auf. Er hat blaue Augen – wie Mike. Sie schmeckt Salz. Wie ein dicker Belag überzieht der Geschmack das Innere ihres Mundes und ihre Kehle. Sie übergibt sich in den Sand. Ein Seufzen geht durch die Menschenmenge, die sie umringt. Sie wird aufgehoben und umsorgt. Der Vorfall ist vorbei.

Was hatte Mike gesagt? Wenn das Meer dich haben will, dann kriegt es dich auch. Einmal hatte sie die See betrogen, aber sie konnte immer noch ihr Rufen spüren – im Donnern und Tosen der Wellen, im Flüstern der Brandung, die an das Ufer spült. Es war, als ob etwas da draußen auf sie wartete. Irgendetwas. Oder irgendjemand.

Finn zitterte und kam wieder zu sich. Es war viel sicherer hier oben als da unten, sowohl für sie, als auch für alle anderen. Sie stellte das Fernglas ein und suchte die Bucht nach dem kleinen Segelboot ab. Mike und die Jungs sollten jetzt schon draußen sein. Richtig, da waren sie auch. Die Segel gesetzt, bereit jede Brise auszunutzen, manövrierten sie das kleine Boot aus dem Hafen hinaus.

Die *Little Jenny* war ein flinker Segler. Mit überraschend großer Geschwindigkeit schoss sie durch das Wasser, hinein in die Bucht. Finn konnte die Jungen in ihren grellbunten Schwimmwesten erkennen und beobachtete, wie sie von einer Seite zur anderen kraxelten, um Mikes Anweisungen zu folgen. Allerdings machte Mike die meiste Arbeit. Er sprang auf dem Boot umher, zog hier und hievte dort. Es sah nach harter Arbeit aus, aber es schien dennoch Spaß zu machen. Sie konnte die freudigen Rufe ihrer Brüder hören, die aus der Entfernung wie durchdringende Möwenschreie klangen.

Da Conn und Aidan das erste Mal mit dem Segelboot draußen waren, hatte Mike versprochen nicht zu weit hinauszufahren. Außerdem versicherte er, dass er sehr, sehr vorsichtig sein würde.

Finn verfolgte ihre Fahrt mit dem Fernglas. Plötzlich spürte sie eine eigenartige Kälte, ein Prickeln im Nacken. Instinktiv schaute sie hinter sich und sah einen Mann hoch oben auf dem Klippenpfad stehen. Der Boden, auf dem sie stand, war trocken und brüchig. Als sie sich umdrehte, lösten sich kleine Kieselsteine unter ihren Füßen und mit einem Mal war es, als würde sie auf Murmeln stehen. Sie stieß einen Schrei aus und schaute sich verzweifelt um, aber da war nichts, woran sie sich hätte festhalten können, nichts, was sie hätte retten können. Sie ruderte wild mit den Armen, und einen fürchterlichen Moment lang lehnte sie sich der tödlichen Leere entgegen, doch es gelang ihr das Gleichgewicht zu halten. Sie warf sich landeinwärts, rammte ihren rechten Fuß in den Hang, um nicht noch weiter in die Tiefe zu gleiten, und schob sich vorsichtig seitwärts in Sicherheit.

Als sie wieder festeren Boden unter den Füßen hatte, sank sie nieder und umklammerte ihr Knie. Bei dem Sprung, der sie vor einem Sturz in die Tiefe bewahrt hatte, hatte sie sich das Gelenk verrenkt und nun fing das Knie an zu pochen. Sie sah auf und bemerkte, dass die Gestalt hoch oben auf den Klippen noch immer dort stand. Es war Griffiths. Sie erkannte ihn, obwohl ihr Blick durch Tränen des Schmerzes verschleiert war. Er hatte weder Anstalten gemacht ihr zur Hilfe zu kommen, noch schien es ihn zu kümmern, ob sie sich verletzt hatte. Er stand einfach nur da. Er hatte die Hand erhoben und Zeige- und Mittelfinger leicht gebogen abgespreizt, als wollte er sie segnen. Für einen kurzen Moment starrte er sie an. Sein Mund war zu einem merkwürdig schiefen Lächeln verzogen. Dann drehte er sich um und ging seiner Wege.

Der Pfad, dem Griffiths folgte, brachte ihn ohne Umwege direkt zur Landspitze. Er ging mit gesenktem Kopf, die Hände in den Manteltaschen vergraben, als wäre er tief in Gedanken. Er begann vor sich hin zu pfeifen, eine hohe, dünne und einsilbige Melodie.

Griffiths war auf dem Weg nach *Pentir y Dewin*, zur Landspitze der Magier. Finn war der Name schon auf der Karte aufgefallen, aber er sagte ihr nichts. Die lang gestreckte Landzunge fiel in Etappen bis zu einer schmalen, scharfen Kante ab, die steil aus dem Meer ragte. Diese Klippe bildete das rechte Ende der Yellowstone-Bucht, die auf der Karte nicht mehr war als ein pfenniggroßes Halbrund, das aus der Küstenlinie herausgebissen zu sein schien. Finn schaute hinab. Der Name ›Yellowstone‹ – gelber Stein – schien nicht zu passen. Die Felsen dort unten waren grau und braun, genauso wie alle anderen.

Sie wandte ihre Aufmerksamkeit wieder dem Meer, Mike und ihren Brüdern zu. Sie waren bereits aus dem Hafenbecken hinaus gefahren. Zwischen ihnen und der offenen See lagen die Vipern, die aus dem Wasser ragten wie riesige gefletschte Zähne. Es schien fast so, als bewachten sie den Eingang zur Bucht.

Von hier oben konnte man das wahre Ausmaß des Riffs gut erkennen. Es breitete sich wie ein dunkler Fleck aus, schlug einen weiten Bogen und erstreckte sich in dicken Schlangenlinien bis hin zur Küste. Kleine Wellen schäumten um Felsenreihen, die wie stachelige Kämme aus dem Wasser ragten. Es war kein Wunder, dass diese Felsen die Fantasie der Menschen beflügelten und hervorragenden Nährboden für Mythen und Legenden boten. Sie sahen tatsächlich aus wie ein riesiger Wurm oder eine Schlange – ein Ungeheuer aus den Tiefen der See, das direkt unter der Wasseroberfläche zusammengerollt lag, bereit zum Angriff.

Draußen in der Bucht hingen die Segel schlaff am Mast der *Little Jenny*. Mike zog sie ein. Der Wind hatte sich gelegt. Die Brise, die den ganzen Tag lang stetig geweht hatte, war ganz plötzlich einer totalen Flaute gewichen. Die Luft wirkte schwer und bedrückend. Das Boot schaukelte von einer Seite zur anderen, denn obwohl es nun windstill war, hielt die starke Dünung noch an. Mike betrachtete die beiden Jungen mit einem prüfenden Blick. Falls die beiden zu Seekrankheit neigten, würde ihnen diese Wellenbewegung mit Sicherheit die grüne Farbe ins Gesicht treiben.

Wahrscheinlich war die Dünung von einem großen Schiff verursacht worden, einem Tanker oder einer Fähre auf dem Weg in den Hafen. Es herrschte ein reger Verkehr um den Hafenausgang und die Schiffe, die diesen Weg nahmen, konnten zu einer echten Bedrohung für die kleineren Boote werden. Es bestand nicht nur die Gefahr, von einem dieser Ozeanriesen überfahren zu werden; die gigantischen Bugwellen und das Kielwasser konnten ein kleines Boot wie dieses leicht zum Kentern bringen.

Mike hatte beschlossen die Segel zu streichen. Er wuchtete den Außenbordmotor nach oben und schob ihn über die Reling ins Wasser. Es war zwar sportlich nicht ganz fair, aber sie würden wohl den guten alten Dieselmotor benutzen müssen, um wieder an Land zu kommen. Er schaute auf die offene See, wo die Flut lauerte und mächtige Strömungen die Wasseroberfläche in Bewegung brachten, sodass sie aussah wie zerrissene Seide. Zu wenig Wind konnte genauso gefährlich sein wie zu viel. Den meisten Menschen war das nicht bewusst. Es war riskant, sich einfach nur treiben zu lassen, dem Meer und den Gezeiten hilflos ausgeliefert. Einige der Unterwasserströmungen hier waren so stark, dass sie viel größere Schiffe in Minuten auf das Riff geworfen hätten.

Mike betätigte den Anlasser und wartete auf den schweren Ölgestank und das Stottern des anspringenden Motors, aber nichts geschah. Der Motor spuckte einmal und war dann still. Er versuchte es noch einmal. Nichts. Er überprüfte, ob er genug Treibstoff hatte, aber die Anzeige versicherte ihm, dass ausreichend vorhanden war. Er klopfte auf die Glasscheibe, für den Fall, dass sich die Nadel verklemmt hatte, aber die rührte sich nicht vom Fleck. Kopfschüttelnd versuchte er ein drittes Mal den Motor anzuwerfen. Immer noch nichts.

Mike gab es auf und holte die Ruder hervor. Es war immer noch windstill, doch ein Blick in Richtung Küste machte ihm deutlich, dass das Segelboot trotzdem schnelle Fahrt machte. Eine Strömung hatte sie gepackt und war drauf und dran sie auf den flachsten Teil des Riffs zu tragen, auf die *Dannedd y Ci* – die Hundezähne. Jeder Abschnitt der Felsen, die sich über dem Wasser blicken ließen, hatte seinen eigenen Namen. Vor ihnen lag eine große Reihe gezackter Felsen.

Aidan und Conn warfen sich immer noch Scherze zu und amüsierten sich prächtig: Sie ließen ihre Hände durchs Wasser gleiten und spritzten sich nass und lehnten sich weit hinaus, um nach Fischen Ausschau zu halten. Erst als Mike sie anwies, sich je ein Ruder zu nehmen und zu paddeln, wurde ihnen klar, dass ihre Lage ernst war. In Sekundenschnelle verging ihnen das Lachen und sie taten, was Mike ihnen befohlen hatte. Conn war zwar immer noch aufgeregt und begierig, als sei dies nur ein weiterer Teil ihres Abenteuers, aber Aidains Begeisterung schwand dahin. Er fing an, sich unwohl zu fühlen.

Mike setzte sich nach vorn und schickte die beiden ins Heck. Gemeinsam ruderten sie nach besten Kräften, doch sie kamen nur erschreckend langsam voran.

Von seinem Aussichtspunkt auf der Landspitze aus beobachtete Griffiths, wie das kleine Boot über das Wasser vorwärtskroch wie ein verkrüppelter Käfer. In seinen Händen hielt er ein Stück hellblaues Seil. Einer der Knoten war bereits gelöst. Er fand es merkwürdig, dass einige Leute magische Beschwörungen begannen und sie dann achtlos liegen ließen, als wären sie nichts weiter als ein spaßiger Zeitvertreib: ein Witz, ein Taschenspielertrick, etwas, womit man angeben konnte. Sie waren sich der Macht, die diese Dinge besaßen, nicht bewusst. Einen magischen Gegenstand wie diesen hier herzustellen und ihn dann einfach wegzuwerfen, war verantwortungslos – um es harmlos auszudrücken.

Er hatte das geknotete Seil auf seinem Grundstück gefunden, neben dem Panoramafenster auf der Rückseite. Zunächst hatte er gerätselt, wie es dorthin gekommen und zu welchem Zweck es geknüpft worden war. Er hatte das Seil sorgfältig aufgerollt, es in seine Tasche gesteckt und war weiter um das Haus herum gelaufen. Dabei hatte er festgestellt, dass der Fußball weg war. Einer der rothaarigen Bengel vom Salzhaus musste hier gewesen sein, um sein Eigentum zurückzufordern.

Bei der Gelegenheit hatte er sich zweifellos gründlich umgesehen. Griffiths gefiel das gar nicht. Er mochte es nicht, wenn ihm die Leute nachspionierten. Womöglich war er von dem jungen Treherne dazu angestiftet worden. Der war wohl zu feige, um selbst zu kommen. Stattdessen schickte er ein Kind, das die Drecksarbeit erledigte. Das lag anscheinend in der Familie – hinterhältiges, betrügerisches und verlogenes Pack.

Wie auch immer sich die Sache abgespielt hatte, jedenfalls hatten sie sich ihm durch ihre eigene Schuld ausgeliefert. Griffiths Hand schloss sich fester um das weiche Nylon, spürte die Form der Acht unter den Fingern und erfühlte in Gedanken die Feinheiten des zweiten Knotens. Gut gemacht. Sauber und ordentlich. Wieder der Treherne-Junge. Er war ein guter Seemann, das musste man ihm lassen. Griffiths' Mund verzog sich zu einem freudlosen Grinsen. Es war höchste Zeit festzustellen, *wie* gut.

Seine Finger machten sich an dem Knoten zu schaffen, lösten die Schlaufen und knüpften das Seil schließlich auf. Hoch oben auf seinem Aussichtspunkt stand er, ließ das Seil zwischen seinen Händen hin und her gleiten wie einen Rosenkranz und begann eine unmelodische Melodie zu pfeifen. Irgendjemand hatte das oberste Gebot der Magie gebrochen: Wirke niemals einen Zauber, wenn du nicht die Absicht hast ihn auch einzusetzen. Eine leichte Brise zerzauste sein Haar.

Draußen in der Bucht spürte Mike den ersten Vorboten des Winds auf seiner schweißnassen Haut. Er zog die Riemen ein und setzte die Segel, um die Brise auszunutzen, bevor sie wieder erstarb. Er befeuchtete einen Finger und hielt ihn in die Luft. Der Wind kam aus Westen und nahm stetig zu. Hinter den beiden schwarzen Zwillingsfelsen war der Himmel dunkel. Der Horizont war hinter einem dichten eisengrauen Vorhang verschwunden, der Regen mit sich trug. Ein Sturm zog auf – solche Unwetter tauchten oft aus dem Nichts auf und schlugen ohne Vorwarnung zu.

Der Wind blies nun scharf landeinwärts, peitschte Finns Haar und schlug ihr ins Gesicht. Sie bemerkte, dass Griffiths um die Klippe herumgegangen war zu der Stelle, wo der Felsen steil zum Meer abfiel. Er stand direkt an der Kante und schien die Bö, die ihn durchrüttelte, gar nicht zu spüren. Er hielt etwas in der Hand, etwas Blaues, das biegsam zu sein schien, und starrte hinaus aufs Meer. Finn folgte seinem Blick. Seine Augen waren auf die *Little Jenny* gerichtet.

Das Boot dort draußen in der Bucht wirkte klein und zerbrechlich, so hilflos wie eine Nussschale, die über die Wellen geworfen wurde. Hinter ihm hatte sich ein bedrohliches Knäuel aus schwarzen Wolken gebildet, das vom Horizont aus in rasender Geschwindigkeit auf die Küste zurollte und dabei hierhin und dorthin wogte und brauste, wie ein dunkler Sturmdämon. Dicke Regensäulen wurden über das Wasser getrieben, wie Finger, die nach dem kleinen Boot griffen. Hilflos musste Finn mitanschauen, wie die Wellen immer weiter wuchsen und die Gischt in die Höhe spritzte, als würde sie vom Himmel angesaugt.

Mike zog die Segel straff und kämpfte darum, die Kontrolle über sein Boot nicht zu verlieren, während es, dem Sturm um eine Nasenlänge voraus, über das Wasser schoss. All seine Segelkünste würden nötig sein, um sich und seine Schützlinge wieder sicher in den Hafen zu bringen. Aidan war schlecht geworden und er musste sich über die Reling übergeben. Mit ihm war nicht mehr zu rechnen, aber Conn machte der Seegang anscheinend nichts aus. Im Gegenteil – er wirkte frisch und fröhlich. Er schien keine Angst zu haben

und befolgte Mikes Anweisungen schnell, gründlich und ohne Widerspruch. Mike war überrascht. Conn hatte offenbar alle Voraussetzungen für einen guten Seemann. Doch dies war seine erste Erfahrung auf dem Wasser und die gesamte Verantwortung lag bei Mike. Er hatte die beiden hierher gebracht und er musste sie auch wieder zurückbringen.
Er schob all seine Bedenken beiseite und konzentrierte sich stattdessen auf das Boot, den Wind und die Wellen. Der Weg in den Hafen hinein war nun vergleichbar mit dem Versuch einen Fußball von der Mittellinie in ein Tor zu schießen, das zur Größe einer Zimmertür geschrumpft war. Das sollte kein allzu großes Problem sein, dachte Mike. Der starke Wind und die wütende See trieben das Boot in rasender Geschwindigkeit durch den Schaum, fast wie einen flachen Kiesel, den man über das Wasser hüpfen lässt. Jetzt machte das Segeln erst richtig Spaß. Mike reffte die Segel und gab der Pinne etwas nach. Wenn er nicht die beiden Kinder an Bord gehabt hätte, hätte er die Fahrt genossen.

»Puh, das war knapp!« Mike grinste Finn an und warf ihr das Tau zu.
»Alles klar bei euch?«, rief sie zu ihren Brüdern hinab.
Beide waren bis auf die Haut durchnässt. Aidains Gesicht war grün, aber Conns Augen glänzten begeistert.
»Mike war toll!«, erwiderte Conn. »Es war großartig. Viel besser als jede Achterbahnfahrt. Besser als alles andere! Ich kann's kaum erwarten wieder rauszufahren.« Er stieß seinem Bruder den Ellenbogen in die Seite. »Wie steht's mit dir, Aidie?«
Aidan erschauerte, als wollte er sagen, dass er nicht im Traum daran dächte eine solche Erfahrung wiederholen zu wollen. Seine bleichen Hände packten die eisernen Sprossen, die an der Hafenmauer befestigt waren. Seine Arme zitterten. Mike stützte ihn und gab ihm von hinten einen ermunternden Schubs. Langsam kroch er die Leiter hinauf zu Finn, die ihm ihre Arme entgegenstreckte.

Conn blieb im Boot stehen. Eigentlich wollte er gar nicht wieder an Land. Mit geballten Fäusten schaute er sich um, sein Gesicht zeigte eine Mischung aus Ehrfurcht und Begeisterung. So zerbrechlich das kleine Gefährt auch wirkte, Conn fühlte sich in ihm wie zu Hause. Ihm wurde klar, dass er etwas gefunden hatte, dass er sein Leben lang lieben würde.

»Der Junge ist ein Naturtalent«, sagte Mike und legte ihm eine Hand auf die Schulter. »Wir hätten es nie geschafft, wenn er nicht gewesen wäre.«

Bei diesem Lob lief Conn dunkelrot an und strahlte vor Stolz.

»Das mag ja sein«, erwiderte Finn mit gerunzelter Stirn. Die Erleichterung über die sichere Heimkehr ihrer Brüder wich schnell der Sorge über die Konsequenzen ihrer Eskapade. »Aber wenn Mum davon erfährt, wird sie ihn nicht einmal mehr in ein Tretboot lassen, geschweige denn an Bord eines Segelbootes.«

»Du wirst ihr doch nichts sagen, oder?« Conn schaute sie ängstlich an.

Finn dachte kurz nach. Ihr war klar, dass sie ihrer Mutter die Sache eigentlich erzählen müsste, aber andererseits war es ja nochmal gut gegangen und was ihre Mutter nicht wusste, konnte sie auch nicht beunruhigen.

»Sie würde sich bloß aufregen. Aber ihr geht besser hoch ins Haus und zieht euch trockene Klamotten an. Wenn sie euch fragt, warum ihr so nass seid, sagt einfach, ihr seid in einen von den Tümpeln bei den Klippen gefallen.«

Die beiden Jungen gaben Mike die Schwimmwesten zurück und patschten in ihren triefnassen Turnschuhen nach Hause.

»Ich frage mich, woher der Sturm plötzlich kam.« Finn schaute über Mikes Kopf hinweg auf die See. Dort draußen war der Himmel wieder blau. Der Wind hatte sich gelegt. Das Meer beruhigte sich. Es war, als ob der Tag mit einem Mal wieder zur Besinnung gekommen wäre und sich selbst in geordnete Bahnen gelenkt hätte.

»Wer weiß.« Mike zuckte mit den Schultern. »Sowas passiert. Ein Sturm wie dieser kann aus dem Nichts entstehen und man kann nichts dagegen tun. Er kann einem Boot ganz schön zu schaffen machen. Sieht so aus, als ob du Recht hattest dazubleiben.« Er lachte. »Du hast nicht zufällig das zweite Gesicht oder so etwas?«

Finn spürte, wie ihr die Röte in die Wangen stieg. »Natürlich nicht. Ich hab dir doch gesagt, ich kann Boote nicht leiden.«

»Da bist du nicht die Einzige in eurer Familie.« Er nickte mit dem Kopf in Richtung des Bootes, zu der Stelle, an der Aidan seinen Mageninhalt auf den Boden der *Little Jenny* ergossen hatte. »Besser, wenn ich das gleich sauber mache. Möchtest du mir dabei helfen?«

Finn schüttelte ihren Kopf. »Nein, danke. Aber mal im Ernst. Was glaubst du, ist passiert?«

»Ich hab's dir doch gesagt: Keine Ahnung. Das Wetter ist launisch.«

»Du glaubst nicht, dass vielleicht ...«

»Was?«

Es lag ihr auf der Zunge ihm von der Begegnung mit Griffiths zu erzählen. Davon, dass sie sich fast sicher war, dass er ihren Sturz herbeiführen wollte. Wie er mit dieser seltsam besessenen Zielstrebigkeit aufs Meer gestarrt hatte. Es hatte beinahe so ausgesehen, als dirigierte er den Sturm mit jenem hellblauen Gegenstand, den er wie einen nachgiebigen Taktstock in den Händen gehalten hatte.

All das hätte sie ihm erzählen können, aber sie tat es nicht. Die Gewissheit, die sie oben auf der Klippe verspürt hatte, erschien ihr hier unten mit einem Mal lächerlich. Die Sache mit dem Sturz hörte sich in ihren eigenen Ohren paranoid an – und was den Rest anging: Mike hielt sie ja schon für neurotisch genug. Sie hatte keine Lust ihn in seinem Glauben zu bestätigen, indem sie sich wie ein New Age-Freak benahm, der an Zauberei und Altweibergeschichten glaubt. Und überhaupt: Niemand konnte das Wetter so einfach ändern. Niemand hatte eine solche Macht. Wie kam sie bloß auf die Idee, dass dieser Sturm irgendetwas mit Griffiths zu tun hatte?

10

Die Jungen waren bis auf die Haut durchnässt und so war es unmöglich vor ihrer Mutter zu verbergen, was geschehen war. Maggie Logan glaubte keine Sekunde lang an die Geschichte von dem Tümpel zwischen den Klippen, in den sie angeblich gefallen waren, als sie nach Krebsen suchten. Ein Blick auf Aidan und sie wusste Bescheid. Ein unfreiwilliges Bad in einem flachen Tümpel ließ einem nicht alle Farbe aus dem Gesicht weichen. Sie holte die Wahrheit aus ihnen heraus und zog eisern ihre Konsequenz: kein Segeln mehr und auch keine sonstigen Bootstouren.

Die Brüder akzeptierten das Verbot, Conn zunächst zwar nur widerstrebend, doch er hatte bald etwas Neues entdeckt: Angeln. Er hatte die Angler am Strand bemerkt, die ihr Glück versuchten, wenn die Flut hereinkam, und nun wollte er es selbst einmal ausprobieren. Auch Aidan war Feuer und Flamme, nachdem ihm klar geworden war, dass man dazu nicht in ein Boot steigen musste. Mike bot an, die Ausrüstung zu besorgen, denn Angeln war ein weiteres seiner Steckenpferde. Conn und Aidan wussten, dass ihre Mutter dazu schlecht Nein sagen konnte. Sie waren oft mit ihrem Vater zum Fischen gefahren.

»Es kann wohl nichts schaden«, sagte sie schließlich. »Also gut – das heißt, wenn Mike nichts dagegen hat. Ich möchte nicht, dass ihr ihm auf die Nerven geht. Immerhin hat er noch eine Menge Arbeit.«

»Schon in Ordnung, Mrs Logan«, lächelte Mike. »Ich hatte sowieso vor ein bisschen zu fischen.«

Am nächsten Tag ließ Mikes Onkel ihn früher gehen. Nun, da die Arbeit am Dach gut voran ging, wurde Mike nicht mehr so dringend gebraucht. Jack hatte ein Auge auf Maggie geworfen und so machte es ihm nichts aus, dass sein Neffe Babysitter für ihre Söhne spielte.
»Ihre Jungs sind bei ihm sicher und ich hab ihn aus den Füßen«, sagte er lächelnd.
Sie wollten erst am frühen Nachmittag zum Strand gehen. Noch stand das Wasser nicht hoch genug zum Fischen und so schlug Mike eine Expedition vor, um Köder zu suchen. Sie nahmen Eimer für die Krebse mit – »Krebse sind prima Köder für Barsche« – und einen Spaten, um nach Sandwürmern zu graben.
»Sie sind ziemlich selten«, erklärte Aidan, »aber Mike weiß, wo man sie finden kann.«
»Aber sicher«, erwiderte Finn, ohne von ihrem Buch aufzusehen.
»Willst du mitkommen?« Aidan war geschickt worden, um ihr dieses Angebot zu unterbreiten, und hatte sie im Garten gefunden.
»Angeln? Machst du Witze?«
»Wir gehen ja noch gar nicht angeln«, widersprach Aidan geduldig. »Wir plantschen nur ein bisschen zwischen den Felsen herum. Früher hast du das gemocht«, fügte er in Erinnerung an Ferien vergangener Tage hinzu.
»Ja, nun, ich weiß nicht recht. Ich sehe ehrlich gesagt nicht ein, warum ich euch helfen soll kleine unschuldige Tierchen zu fangen, die ihr dann auf Haken steckt, um damit andere unschuldige Tierchen zu töten.« Sie erschauerte bei dem Gedanken. Das alles hörte sich schleimig und stinkend und Ekel erregend an. »Warum lasst ihr sie nicht einfach alle in Ruhe?«
»In Ordnung, wenn du das so siehst.« Aidan schob seinen Rucksack etwas höher. »Mike meinte nur, ich soll dich fragen, ob du mitkommen willst.«
»Sag ihm: Danke, aber nein danke.« Sie warf ihrem Bruder von ihrer Liege aus einen Blick zu. »Wofür brauchst du diese riesige Tasche?«

»Mum hat uns ein paar Brote eingepackt.«
»Ihr habt doch gerade erst Mittag gegessen!«
»Wir könnten doch trotzdem Hunger bekommen. Ich hab übrigens gelesen, dass es hier Fossilien gibt …«
Finn rollte mit den Augen. Aidan war der Typ, der auf jeden Ausflug am liebsten die ganze Kücheneinrichtung mitnehmen würde, einschließlich des Spülbeckens – wenn man ihn ließe. Gott allein wusste, was er in diesem Rucksack alles gehamstert hatte. Wenn es nach ihr ginge, würde er den ganzen Kram zu Hause lassen. Aber das war schließlich Mikes Sache, nicht ihre.
»Besser er als ich«, murmelte sie.
»Was?«
»Nichts.« Finn wandte ihre Aufmerksamkeit wieder ihrem Buch zu. »Viel Spaß.«
Begleitet vom Klappern der Eimer und Spaten machten sie sich auf den Weg. Die Brüder plapperten aufgeregt vor sich hin. Ihre hohen, lebhaften Stimmen vermischten sich mit Mikes tiefem Organ, das sich mit seinem weichen Akzent deutlich von den anderen unterschied. Vielleicht hätte sie doch mitgehen sollen. Finn verspürte plötzlich einen schmerzhaften Zweifel, ein stechendes Gefühl, nicht dazu zu gehören.
Sie fand die Stelle in ihrem Buch wieder, an der sie aufgehört hatte zu lesen, konnte sich aber nicht recht konzentrieren. Der Lärm der Dacharbeiten war Ohren betäubend: das Schlittern und Krachen der herabfallenden Dachziegel, ergänzt durch permanentes Hämmern und Rufen. Schließlich suchte sie Zuflucht im Haus.
Ihre Mutter saß am Küchentisch und trank eine Tasse Tee mit Jack.
»Warum gehst du nicht hoch in dein Zimmer?«, schlug ihre Mutter vor, als Finn sich über den Krach beschwerte.
Finn verzog das Gesicht. Hier im Haus war der Lärm noch schlimmer als draußen. Jedes Geräusch hallte von den Dachsparren wider. Es war, als säße man im Inneren einer Trommel.

»Die Handwerker laufen die ganze Zeit an meinem Fenster vorbei.«
»Na, dann geh doch spazieren.« Maggies Stimme wurde langsam ärgerlich. »Schau doch nach, wo die anderen sind. Du hast den ganzen Tag herumgelegen. Etwas Bewegung wird dir gut tun.«
»Ich will aber nicht«, erwiderte Finn und gab sich Mühe den weinerlichen Ton in ihrer Stimme zu unterdrücken. Sie merkte selbst, dass sie wie ein verwöhntes Kind klang. »Hier kann man doch nichts unternehmen.«
»Dann musst du dir was einfallen lassen, Finn. Schau dir Aidan und Conn an: Die beiden amüsieren sich prächtig. Also, warum kannst du das nicht auch? Du solltest dich wenigstens etwas bemühen.«
Sie wandte Finn den Rücken zu und setzte ihr Gespräch mit Jack fort. Sie nahm den Faden dort auf, wo sie von Finn unterbrochen worden war, so als ob ihre Tochter gar nicht hereingekommen wäre. Die beiden saßen dicht beieinander und vermittelten den Eindruck trauter Zweisamkeit. Finn ging hinaus. Sie war verstört, ja richtiggehend erschrocken. Sie war es nicht mehr gewohnt die Aufmerksamkeit ihrer Mutter mit jemand anderem außer ihren Brüdern zu teilen.
Auf ihrem Weg zum Strand wurde sie von dem erdrückenden Gefühl begleitet ausgeschlossen zu sein, aber sie war ja selbst schuld daran. Sie war eklig zu Aidan gewesen, als der versucht hatte sie zum Mitkommen zu bewegen. Eigentlich war sie zu ihren beiden Brüdern eklig gewesen, und zwar seit sie hier angekommen waren. Aidan hatte Recht. Früher hatte es ihr Spaß gemacht in den kleinen Teichen zwischen den Felsen herumzuplantschen. Früher hatte sie im Urlaub Stunden damit verbracht den Strand nach Muscheln und Fossilien abzusuchen. Was hatte sich verändert? Sie kannte die Antwort: Sie selbst war der Grund. Sie hielt sich für zu alt, zu erwachsen, zu überlegen für diese Art Spielchen. So als ob Jungs, Musik und Make-up das Wichtigste auf der Welt wären. Nun, das

traf wohl auf ihre Freundinnen zu, aber die waren schließlich nicht hier, nicht wahr? Warum also benahm sie sich, als ob jede ihrer Gesten von einer unsichtbaren Jury beurteilt würde?
Zu Mike war sie besonders unfreundlich gewesen. Schnippisch und spöttisch, völlig ohne Grund. Er war nicht ihr Typ und sie hatte den Eindruck gehabt, er würde sich aufdrängen, würde sich Mühe geben nett zu sein, und das hatte sie genervt. Nicht ihr Typ? Wie oberflächlich war sie eigentlich? Und vielleicht hatte er sich gar nicht bemühen müssen. Vielleicht lag es einfach in seiner Natur an allem interessiert zu sein, nicht nur an sich selbst. Sie hatte den üblen Verdacht, dass sie ihn völlig falsch eingeschätzt hatte. Seit jenem ersten Morgen war seine Freundlichkeit echt und ungespielt gewesen: ihrer Mutter gegenüber, den Jungen und auch ihr gegenüber. Und war es nicht riesig nett von ihm sich so um ihre Brüder zu kümmern? Selbst wenn er sie dabei fast ertränkt hätte.
Sie war diejenige, die sich nicht anpassen wollte. Mit einem Mal ärgerte Finn sich über sich selbst. Sie würde ihnen jetzt nachgehen und versuchen sie einzuholen und sich dann ihrem Ausflug anschließen. Ihre Mutter hatte Recht: Es war Zeit, sich langsam etwas Mühe zu geben.

Sie entdeckte die drei zur Rechten des Hafens, am Ende des Strandes, dort wo die schwarzen, mit Tang bedeckten Felsen wie ein Rückgrat hervortraten und in langen Reihen zum Meer abfielen, wie die Finger einer Skeletthand.
»Hallo! Ich hab's mir überlegt. Ich möchte doch mitkommen«, rief sie, sobald sie nahe genug war, dass die anderen sie hören konnten. »Wartet auf mich!«
Aidan drehte sich um, als er ihre Stimme hörte. »Klasse! Du kannst meinen Eimer halten.«
Er lächelte, während sie näher kam. Das war das Gute an Aidan: er war nicht nachtragend.

»Hast du schon viele gefunden?« Sie spähte in den Eimer und bohrte in dem Haufen Seetang herum, der so dunkel und feucht aussah wie Lakritze.
»Ein paar.« Er drehte sein Netz herum und schüttelte eine kleine grün-graue Krabbe in den Eimer, die sich sofort mit ihren bleichen Beinen in den Tang vergrub.
»Als Nächstes gehen wir da rüber.« Aidan deutete zu dem Felskamm, der aus der vorgewölbten Landspitze herausragte. »Mike sagt, da gibt es ein paar gute Teiche. Außerdem ist das die Stelle, an der man die Sandwürmer findet. Wir können sie einfach ausbuddeln, das heißt, wenn die Flut noch nicht zu hoch gestiegen ist.«
Conn und Mike waren bereits auf dem Weg zur Landspitze. Sie drehten sich um und forderten Finn und Aidan winkend auf, ihnen nachzukommen. Aidan winkte zurück. »Komm schon«, sagte er zu Finn. Sie folgte ihm und war froh, dass sie ihre alten Turnschuhe trug. Die Felsen waren schlüpfrig vom Tang und besaßen einige ziemlich scharfe Kanten. Es war, als würde man über ein gezacktes Brotmesser marschieren.
»Hallo.« Mike war überrascht. »Ich dachte, du wolltest nicht mitkommen.«
»Ich hab's mir anders überlegt.« Vorsichtig tastete sich Finn zu ihm und Conn vor.
Sie standen auf einem großen Felsen, dem letzten einer ganzen Reihe, die wie große Würfel von der steil abfallenden Landspitze heruntergepurzelt zu sein schienen.
»Komm rauf«, sagte er und streckte ihr seine Hand entgegen. »Von hier oben hat man einen besseren Blick. Das hier ist die Yellowstone-Bucht.«
Finn schaute zur Spitze der Klippe empor, unter der sie stand. Dort oben war sie gestern gewesen.
»Ich kann keine gelben Steine sehen.« Conn schaute sich um. »Nur graue und braune.«

»Die Steine, um die es geht, sind klein.« Mike deutete die Größe mit Daumen und Zeigefinger an. »Ungefähr so groß. Und sie sind auch nicht alle gelb. Manche sind orange und braun. Man findet sie an der Küste oder am Strand. Es ist Feuerstein. Sie stammen nicht aus dieser Gegend …«

Bevor Conn fragen konnte, woher der Stein kam, rief Aidan aus: »Klasse Tümpel!« Er schwang den Eimer in seiner Hand hin und her. Seine Augen glänzten voller Vorfreude auf all die Krebse, die er hier finden würde.

»Stimmt. Ein guter Platz, um Köder zu suchen.« Mike nickte. »Man kann sogar ein paar essbare Krebse hier finden.«

»Wo ist der Unterschied?«

»Ich zeig's dir, wenn ich einen sehe. Du kannst sie dann zum Abendessen mit nach Hause nehmen. Jetzt kommt.« Er sprang hinunter auf den harten, nassen Sand. »Wir haben nicht den ganzen Tag Zeit. Wir müssen die Uhr und die Flut im Auge behalten, ansonsten kann es passieren, dass uns das steigende Meer vom Land abschneidet.«

Die kleine Bucht vor ihnen war in Hufeisenform tief in die schroffen, weit überhängenden Felsen geschnitten. Sie sah aus wie ein Aquarium, aus dem man das Wasser abgelassen hatte. In einer tiefen Senke, die mit Tang gesäumt war, stand zwischen Felsen und gedrungenen Seegrasbüscheln noch Wasser. Riesige Steinbrocken lagen einzeln oder auf einem Haufen herum und ließen Conn und Aidan, die zwischen ihnen hindurchwateten, wie Zwerge aussehen. Finn blieb oben auf dem Felsrücken. Aus irgendeinem Grund hatte sie das Gefühl die anderen warnen zu müssen. Sie hielt sich mit der Hand den Mund zu und versuchte die plötzliche Angst zu unterdrücken, die Felsbrocken könnten jeden Moment wie riesige Mauersteine in sich zusammenbrechen.

Bis weit unter die überhängende Klippe war der Sand dunkel und nass, nicht so pudrig trocken wie am Strand vor ihrem Haus. Dieser Küstenabschnitt mit seinen tiefen Schluchten und hohen Käm-

men fiel steil ins Wasser ab. Ihre Augen glitten hinauf zur Klippe und wieder zurück. Offenbar lief die Bucht bei Flut bis zum Rand mit Wasser voll und leerte sich bei Ebbe wie der Wasserkasten einer Toilette.
Aidan hielt in seiner Suche inne, schaute hoch zu ihr und rief ihr zu, dass sie auch herunterkommen solle. Finn schüttelte den Kopf und blieb, wo sie war. Trotz der heißen Sonnenstrahlen zitterte sie. Sie wollte diesen Ort nicht betreten. Er ähnelte zu sehr der Bucht aus ihren Träumen.
»Was ist los?« Mike kam zu ihr zurück.
»Nichts.«
»Brauchst du Hilfe beim Runterklettern?«
»Nein, danke.«
Sie wollte nicht wie eine alte gebrechliche Frau behandelt werden und sie hatte es satt, dass er dachte, sie fürchte sich vor jeder Kleinigkeit. Widerstrebend sprang sie nach unten und landete neben ihm, so leichtfüßig und elegant wie eine Turnerin. Sie richtete sich zu ihrer vollen Größe auf und straffte die Schultern. Während sie neben ihm über die Steine kletterte, versuchte sie mit aller Macht ihre Furcht zu verbergen.

11

Obwohl Finn die anderen nicht wissen lassen wollte, dass sie Angst hatte, dauerte es nicht lange, bis sie vorschlug umzukehren. Weder Mike noch die Jungen wollten davon etwas wissen.
»Wir sind doch gerade erst angekommen!«
»Die ganze Mühe wäre umsonst gewesen …«
»Sei doch nicht blöd, Finn!«
Finn gab es auf und half Aidan die Wasserlachen zwischen den Felsen zu durchsuchen. Je schneller sie die Eimer voll hatten, desto eher konnten sie zurückgehen.
Conn und Mike liefen am Strand, kurz vor der Wasserlinie, auf und ab. Mike deutete auf Spuren und andere Zeichen, die auf mögliche Fundorte schließen ließen, und Conn grub eifrig im Sand nach Würmern. Dann und wann bückte sich Mike und hob etwas auf, spähte unter Tangbündel und stöberte zwischen Muschelschalen und Kieselsteinen. Bald hatte er die Hand voll.
»Was suchst du da?« Finn reckte neugierig den Hals.
»Steine.« Er streckte seine Hand aus. Auf seiner Handfläche lagen kleine gelb-orangefarbene Steinchen, rund und glatt poliert durch das Meer und den Sand. »Das ist Feuerstein, siehst du? Außerordentlich hart.« Er pickte einen hervor und drehte ihn um. Die Oberfläche war uneben, als wäre ein Stück abgesplittert, und man konnte das mineralische Innere des Steins sehen. »Sogar die See kann Feuerstein nicht völlig glätten.«
»Was ist so besonders daran?« Conn hielt mit dem Graben inne. Das Loch, das er gebuddelt hatte, füllte sich in Sekunden mit gurgelndem Wasser. »Sieht doch aus wie jeder andere Kiesel.«

»Nicht ganz. Man findet Feuerstein nur in dieser Bucht, aber er hat hier nicht seinen natürlichen Ursprung.« Mike schaute hinauf zur Klippe. »Er gehört nicht in die hiesige geologische Formation.«
»Und wie kommt er dann hierher?«
»Ballast. Von den Wellen an Land getragen, nachdem das Schiff untergegangen war. Wisst ihr noch, was ich euch von den Wracks erzählt habe? Am ersten Tag, an dem ihr hier wart, als ihr den Knochen gefunden habt?« Conn nickte. »Nun, das hier ist der Beweis.« Mikes Faust schloss sich über den Steinen. »Diese Kiesel dienten als Ballast eines Schiffes, das hier untergegangen ist: Die *Anna Marie.*«
»Ist das nicht der Name von Griffiths' Jacht?«
Mikes Augen wurden so hart wie die Feuersteine, die zwischen seinen Fingern klickend aneinander schlugen.
»Das stimmt. Die ursprüngliche *Anna Marie* lief auf die Vipern auf und zerschellte. Der Ballast wurde hier an Land gespült, zusammen mit den Wrackteilen – und den Leichen.«
»Leichen?« Mike genoss plötzlich Conns uneingeschränkte Aufmerksamkeit.
»Oh ja.« Mikes Augen glitten die Küstenlinie entlang. Dann schaute er zurück zu der Stelle, wo die Bucht sich zu den Klippen hin verengte. »Schrecklich viele Menschen kamen dabei ums Leben. Keiner, der an Bord war, überlebte den Untergang. Das Schiff war auf dem Weg nach Bristol. Die Ladung bestand aus Sklaven, so sagen einige jedenfalls, oder Kriegsgefangenen, ganz wie man es sieht. Sie waren unter Deck angekettet. Sie hatten keine Chance, als das Schiff auf den Klippen auflief. Die Menschen an Land hatten den Schiffbruch beobachtet und nachdem der Sturm vorübergezogen war, kamen sie in Scharen von Nah und Fern. Sie fanden die Bucht voller Leichen vor, die meisten von ihnen trugen immer noch ihre Ketten. Es gab keine Möglichkeit sie nach oben zu schaffen, also hat man sie tief im Sand begraben. Da drüben, direkt

unter den Felsen.« Er zeigte nach hinten. »Aber das war nicht der Grund, warum sie gekommen waren. Das Schiff hatte ein Vermögen geladen: Gold und Silber, Dollars, Dublonen, Juwelen und Elfenbein. Sie suchten zwischen den Toten, kämmten die ganze Bucht ab und pickten auf, was sie finden konnten, wie eine Schar Elstern. Ein Haufen Gold- und Silbermünzen lag hier zwischen den Kieseln herum. Noch Jahre danach hat man die Bucht hier ›Dollar-Bucht‹ genannt. Einige Leute suchten so lange nach Münzen, bis die steigende Flut sie zwang umzukehren. Sie fanden so viel, dass sie es nicht mitnehmen konnten und so verstauten sie es in den Höhlen oben in den Felsen. Als sie am nächsten Morgen zurückkamen, waren die Höhlen leer. Alles, was sie vorfanden, war Sand.« Er lachte. »Wahrscheinlich hat sich jemand heimlich in der Nacht das Zeug geholt, aber einige behaupten, dass der Teufel selbst das Schiff geführt habe und dass er in der Dunkelheit der Nacht zurückgekehrt sei, um sich seinen Schatz wieder zu holen. Wie auch immer, die Leute suchen immer noch danach. Jedes Wochenende kommen sie in Scharen hierher und schleppen ihre Metalldetektoren und so ein Zeug mit.«
»Haben sie schon viel gefunden?«, fragte Conn mit vor Begeisterung glänzenden Augen.
»Nun ja, ein paar Münzen am Strand, ab und zu. Was die Höhlen angeht«, sagte Mike schulterzuckend, »keine Ahnung.«
»Du meinst, dass man hier immer noch Schätze finden könnte?« Conn sah sich um. »Irgendwo hier?«
Wieder zuckte Mike mit den Schultern. »Könnte sein.«
»Wow! Wo würdest du suchen?«
»Entlang der Küste, im Sand, aber …«
Die Sandwürmer waren vergessen. Conn sauste zu Aidan und erzählte ihm die Neuigkeit.
» … ich glaube nicht, dass man viel finden würde«, beendete Mike seinen Satz, doch nur Finn hörte ihm noch zu.

Die beiden Jungen waren ausgeschwärmt. Schon bald sah man sie mit gesenkten Köpfen in tiefer Konzentration den Strand entlanggehen. Hier und da hielten sie an, schoben Tang zur Seite oder buddelten ein wenig im Kies und hin und wieder hoben sie etwas auf.

Finn rollte mit den Augen. »Musstest du ihnen das unbedingt erzählen? Jetzt kriegen wir sie nie mehr von hier weg.«

»Was hast du denn? Gefällt es dir hier nicht?«

»Nein.«

»Der Ort hat zwar eine schaurige Vergangenheit, aber …«

»Das ist es nicht«, sagte Finn schnell.

»Was ist es dann?«

Finn schaute zu ihm auf und fragte sich, ob sie ihm erzählen sollte, dass dieser Ort sie an einen immer wiederkehrenden Traum erinnerte, doch im gleichen Moment verwarf sie den Gedanken wieder. »Es ist nur …« Sie blickte sich zu der schlundartigen, engen Bucht und den darüber lauernden Klippen um. »Ich fühle mich hier einfach nicht wohl. Wenn die Flut kommt, füllt sich die Bucht mit Wasser wie ein Aquarium.« Sie erschauerte. »Die Idee gefällt mir gar nicht.«

Sie schaute ihn wieder an und erwartete, in ein spöttisch lachendes Gesicht zu blicken, doch sein Ausdruck war ernst.

»Du hast Recht. Wir müssen gehen, bevor die Gezeiten wechseln.« Er blickte hinaus, wo sich das Meer faul an Land wälzte, und dann wieder zurück zu den steilen Klippen. »Andernfalls sind wir abgeschnitten.« Er sah auf seine Armbanduhr. »Ich behalte die Zeit im Auge, mach dir keine Sorgen.«

Die Jungen fanden zwar keine Münzen, dafür aber den Eingang zu einer Höhle. Aidan entdeckte sie zuerst und rief Conn herbei. Beide schauten hinüber zu Finn und Mike, die ins Gespräch vertieft waren. Besser, sie verrieten nichts von ihrem Fund, besonders ihrer Schwester nicht. Am Ende verbot sie noch, dass sie hineingingen.

»Und überhaupt«, bemerkte Conn sachlich. »Wenn wir es ihnen sagen und dann einen Schatz finden, müssen wir ihn mit den beiden teilen.«
»Stimmt.« Das Argument gefiel Aidan. »So können wir alles für uns behalten. Was glaubst du ist da drin?«, fragte er nach einem kurzen Moment. »Außer dem Schatz, meine ich.«
»Sachen, die von den Schmugglern zurückgelassen wurden, oder von den Strandräubern …«
»Ja!« Aidan nickte eifrig mit dem Kopf.
»Und da könnten auch Knochen liegen.« Conns Augen begannen zu leuchten. »Mehr Knochen wie der, den wir am Strand gefunden haben. Aber diesmal können wir sie mitnehmen. Vielleicht finden wir sogar einen Schädel. Den nehmen wir dann mit nach Hause.«
Aidan rümpfte die Nase. »Das wird Mum nicht gefallen.«
»Sie muss es ja nicht wissen! Wir sammeln einfach alles ein, was wir finden, und verstecken es in dem Tang in unseren Eimern. Worauf warten wir noch? Komm schon.« Er winkte seinen Bruder näher an den Eingang zur Höhle, dann blieb er stehen. »Oh nein. Mir fällt gerade was ein.«
»Was?«
»Da drin ist es wahrscheinlich stockfinster. Wie sollen wir nur was sehen? Ich wünschte, wir hätten eine Taschenlampe dabei«, fügte er mit ärgerlich gerunzelten Augenbrauen hinzu.
»Wer sagt, dass wir keine haben?«, grinste Aidan und zog seinen Rucksack mit einem Schwung vom Rücken.
»Guter alter Aidie!« Conn klopfte ihm auf die Schulter. »Dann ist ja alles klar. Lass uns reingehen.«
»Ich hole nur schnell die Eimer.«

Als es Zeit war die Bucht zu verlassen, waren die Brüder nirgends zu finden. Während Finn den Strand und dann den Fuß der Klippen mit den Augen absuchte, blieb ihr Blick an etwas kleben. Die

Felsschichten flossen in verzerrten Linien dahin und formten einen Bogen über einer Lücke in der Mitte der Klippe. Zwei Farbklekse, einer blau, der andere rot, schienen an der Felswand zu kleben. Beim näheren Hinsehen erwiesen sie sich als zwei Eimer, die am Eingang einer Höhle standen.

»Wahrscheinlich sind sie nur ein kleines Stück hineingegangen«, vermutete Mike, warf jedoch einen beunruhigten Blick in Richtung des Meers. Die Brandung schlug bereits höher und die Wellen rollten schon viel näher an die Bucht heran. »Ohne eine Taschenlampe werden sie nicht weit kommen.«

»Ich halte es nicht für ausgeschlossen, dass sie eine haben.« Finn biss sich auf die Lippen und versuchte die aufsteigende Panik zu unterdrücken. »Wie viel Zeit bleibt uns?«

»Jede Menge«, log Mike. Er drückte zwei Knöpfe an der Seite seiner Armbanduhr und las die Anzeige ab. »Es dauert noch eine Weile, bis die Flut hereinkommt.« Kein Grund, sie unnötig zu ängstigen, es blieb ja tatsächlich noch genug Zeit. Knapp. »Dann mal los, gehen wir ihnen nach.«

Bevor sie weitere Fragen stellen konnte, rannte er bereits den Strand entlang auf die Höhle zu. Er wollte es ihr nicht sagen, wollte sie nicht noch mehr beunruhigen, aber wenn die Flut zu steigen begann, schoss das Meer mit der Geschwindigkeit eines Schnellzugs in die Bucht herein. Dann gab es keine Möglichkeit mehr hier herauszukommen. Sie hatte Recht: Wenn die Flut kam, füllte sich die Bucht wie ein Aquarium.

12

Hinter dem schmalen Höhleneingang lag ein großer Raum, der sich offenbar bei Flut mit Wasser füllte. Der Sand auf dem Höhlenboden war nass und hart gebacken. Überall hatten sich große Tümpel und Lachen gebildet. Die Wände waren mit Napfschnecken und herabhängendem Blasentang übersät. Mike rief laut in die Höhle hinein, doch er bekam keine Antwort. Von Aidan und Conn war keine Spur zu sehen.

Der Gang erstreckte sich ziemlich tief in den Fels hinein, bevor er sich in zwei Wege teilte.

»Ich nehme diese Seite«, sagte Finn und deutete nach links. »Und du diese.«

Mike schüttelte den Kopf. »Es ist besser, wenn wir zusammenbleiben.«

Keiner wusste, wie groß diese Höhle war. Man konnte sich leicht verirren. Es war gefährlicher, als Finn ahnte.

»Sie können nicht weit gekommen sein«, wiederholte er, sowohl um sie zu beruhigen als auch sich selbst. »Wir schauen uns zuerst diesen Gang an.« Er wandte sich der rechten Höhle zu.

Der Gang war breit und relativ hoch. Der Sandboden ging in nackten Fels über. Hier und da stand dunkles Wasser in Pfützen. Schon bald war der hinter ihnen liegende Eingang nicht mehr zu sehen und sie mussten sich ihren Weg ertasten, nur mit Hilfe des Feuerzeugs, das Mike bei sich trug und das er von Zeit zu Zeit anknipste.

»Wo zum Teufel stecken die beiden?«

Mike blieb so plötzlich stehen, dass Finn fast über ihn gefallen wäre. Es war kalt in der Höhle. Finn zitterte und klammerte sich an

Mikes Schulter. Als er sich vorwärts beugte, um in die dichte Dunkelheit zu spähen, begann die schwache Flamme des Feuerzeugs zu flackern.

»Das hält nicht mehr lange.« Er knipste es aus.

»Vielleicht haben sie gar nicht diesen Weg genommen.«

»Vielleicht nicht. Wir gehen besser auch nicht weiter. Wir sollten umkehren.«

Er drehte sich zu ihr um. Es war zu dunkel, um sein Gesicht zu erkennen, doch sie konnte die Furcht in seiner Stimme hören.

»Aidan! Conn!« Die Wände warfen das Echo ihrer Rufe zurück. »Kommt raus! Kommt zurück zum Eingang! Wir können nichts sehen!«

Beide versuchten verzweifelt die Schwärze mit ihren Blicken zu durchdringen. Nichts, außer dem Tröpfeln von Wasser. Doch dann hörten sie etwas anderes. Ein Platschen, gefolgt von Aidans Stimme.

»Finn? Bist du das?« Er hörte sich verängstigt an.

»Ja! Hier!«

Mike spürte, wie sich seine Schultern entspannten, als ob eine Last von ihnen abgefallen wäre.

»Sie haben tatsächlich eine Taschenlampe«, sagte er, als vor ihnen an der Wand ein schwacher Lichtstrahl auftauchte.

»Das wird Aidan sein«, lachte Finn. Erleichterung machte sich breit. »Er schleppt so gut wie alles in seinem Rucksack mit sich herum.«

»Seid vorsichtig«, rief Mike, der sah, dass der Lichtschein hektisch auf und nieder sprang. »Rennt nicht! Sonst fallt ihr noch hin und verletzt euch!«

Die beiden Jungen kamen um eine lang gestreckte Kurve gestolpert. Im gelblichen Schein der Taschenlampe leuchteten ihre Gesichter kalkweiß vor Angst.

»Wo seid ihr gewesen?« Am liebsten hätte Finn die beiden geschüttelt, bis ihnen Hören und Sehen verging.

»Es war seine Schuld!« Aidan zeigte auf Conn. »Wir hätten uns beinahe verirrt.«
»Ich konnte nichts dafür!« Conn schüttelte heftig den Kopf.
»Natürlich. Du hast doch gesagt, wir sollten weitergehen. Uns eine Höhle nach der anderen anschauen. Es war deine Idee nach dem Schatz zu suchen …«
»Das stimmt nicht! Das war deine Idee! Du hast die Höhle gefunden und du hattest die Taschenlampe dabei!«
»Das ist jetzt völlig egal.« Mike drückte einen Knopf an der Seite seiner Armbanduhr, um das Zifferblatt zu beleuchten. »Gib mir das mal einen Moment.«
Er streckte die Hand aus, nahm die Taschenlampe und lenkte den Lichtstrahl auf sein Handgelenk. Dann schüttelte er seinen Arm und hielt seine Armbanduhr an sein Ohr.
»Was ist los?«
»Sie ist stehen geblieben.« Ungläubig starrte er die unveränderte Zeitanzeige an. »Ich kann's nicht fassen. Angeblich kann man mit einem Laster darüber fahren, ohne dass es ihr was ausmacht. Hat noch jemand eine Armbanduhr?«
»Ich hab meine zu Hause gelassen«, sagte Finn. Die beiden Jungen schüttelten den Kopf.
»Vielleicht brauchst du eine neue Batterie«, vermutete Aidan.
»Ich habe erst letzte Woche die Batterie ausgetauscht. Das darf einfach nicht passieren.« Er schüttelte noch einmal seinen Arm. »Diese Uhr ist stoßfest und wasserdicht bis zu einer Tiefe von einhundert Metern.«
»Na und?« Aidan zuckte mit den Schultern. »Was macht das schon aus? Lasst uns einfach von hier verschwinden.«
»Die Flut, du Dummkopf!« Mike blickte ihn direkt an. »Die Flut steigt bereits und ich habe keine Ahnung, wie lange wir schon hier drin sind. Kapierst du nicht, in welchen Schwierigkeiten wir stecken?«

Aidan und Conn blickten zu ihm auf. Bislang hatte er wie der ideale große Bruder auf sie gewirkt, zehnmal besser als eine große Schwester – immerhin hatten sie eine, also wussten sie Bescheid. Er war niemals launisch wie sie und außerdem war er ein Junge, genauso wie sie selbst, nur besser, denn er war älter und durfte schon mehr Dinge tun. Aber jetzt sah er erwachsen aus und sein Gesicht war hart und verschlossen, fast streng im Licht der Taschenlampe. Die beiden Brüder rückten dichter zusammen. Er sah aus wie ein Mann. Er sah aus wie ihr Vater.

Er starrte sie unverwandt an. Auf seiner Wange zeigte sich ein zuckender Muskel. Dann drehte er sich auf dem Absatz um und führte sie den Gang entlang zurück zum Höhleneingang. Mit der Taschenlampe fiel der Weg leichter und sie kamen schneller voran, doch die Pfützen auf dem Höhlenboden schienen größer und tiefer geworden zu sein. Es war kaum sichtbar, aber das Wasser in den Lachen stieg unaufhörlich an, Zentimeter für Zentimeter.

Niemand sprach, während sie durch die nasse Kälte wateten. Sogar die beiden Brüder waren angesichts der bedrohlichen Lage, in der sie sich befanden, verstummt. Sie spürten, wie ihre Herzen schwer wurden vor Angst.

13

Im Höhleneingang schäumte es weiß: Die Brandung sprudelte in die große Kammer hinein. Das Wasser stand knietief und stieg rapide an. Auf der Oberfläche schaukelten die zwei knallbunten Plastikeimer und spuckten die darin gefangenen Lebewesen, die sich durch die entwirrten Tangblätter kämpften, in die unerwartete Freiheit aus.

»Zurück!«, befahl Mike. »Wir müssen zurück! Da kommen wir nie durch!«

»Aber wohin?«, fragte Finn. Er gab keine Antwort, sondern drehte sich einfach um und watete zurück in den Höhlengang, den sie gerade verlassen hatten. Ihre Brüder schauten sie an. Finn zuckte mit den Schultern. Sie hatten keine andere Wahl, sie mussten ihm folgen.

Das Tosen der Brandung verfolgte sie und schallte durch die Gänge, wurde von den Wänden verstärkt und verzerrt, bis es nicht mehr möglich war zu sagen, ob das Geräusch von vorne oder von hinten kam. Das Wasser, das sie knöcheltief umspülte, stieg jetzt merklich stärker an. Schon bald reichte es bis zu ihren Knien.

»Bleibt zusammen!«, rief Mike über die Schulter zurück. »Haltet euch an den Händen!«

Sie gehorchten ohne Widerspruch. Ihr ganzes Vertrauen war darauf gerichtet, dass er genau wusste, was er tat, dass er einen Ausweg kannte. Mike führte sie an. In der Hand hielt er die Taschenlampe. Er drehte sich nicht um. Er wollte nicht zeigen, dass er selbst keine Ahnung hatte, wohin er ging, keinen blassen Schimmer, wie sie hier wieder herauskommen sollten. Er umklammerte die Taschenlampe und ließ sie ruhig vom Boden zur Decke wandern, stets auf der Suche nach etwaigen Hindernissen und mit der Angst, der Gang könnte schmaler werden. Wenn der Lichtschein kurz über die Felsen glitt, warfen die vorspringenden Steine Schatten, die wie kauernde Monster aussahen. Der gelbe Strahl drang nicht besonders weit in die Dunkelheit hinein. Dahinter lag eine Schwärze, die genauso dicht und undurchdringlich war wie die Tiefen des Ozeans.

Stolpernd und sich ihren Weg ertastend, folgten sie den Kurven und Windungen des Höhlensystems. Der schwache Lichtschein erleuchtete den Gang nur ungenügend und wurde zusehends schwächer. Der gelbe Kreis schrumpfte immer mehr. Die Luft war feucht und modrig. Es stank wie das Innere einer Muschel.

Der Gang wurde tatsächlich schmaler. Es blieb kaum noch genug Platz für die vier, um sich hindurchzuquetschen. Aidan und Conn fiel das Vorwärtskommen noch relativ leicht, aber Mike würde bald seitwärts gehen müssen. Alles deutete auf eine Sackgasse hin, dachte Finn, und die Furcht packte sie an der Kehle. Offenbar mussten sie zurückgehen. Aber zurück wohin? Sie hatte nichts sagen wollen, um ihre Brüder nicht zu ängstigen, doch es dämmerte ihr seit geraumer Zeit, dass Mike nicht wusste, wie sie hier wieder herauskommen sollten. Er war genauso ratlos wie sie.

»Mike. Warte.« Finn streckte ihre Hand aus und packte ihn am Arm. Mike machte einen erschreckten Satz. Er stieß mit dem Ellenbogen an eine spitze Felskante und ließ die Taschenlampe fallen. Sie lag da auf dem Boden. Das Licht erzitterte und flackerte. Dann ging es aus. Die völlige Dunkelheit löschte alles aus, machte ihre Augen überflüssig und schärfte gleichzeitig ihre anderen Sinne. Mike fluchte mit angehaltenem Atem. Der Klang seiner unterdrückten Stimme vermischte sich mit dem Schaben von Stoff, als er in seiner Hosentasche wieder nach seinem Feuerzeug suchte. In der darauf folgenden Stille wurde das entfernte Zischen und Tosen des Meers wieder lauter, rhythmisch begleitet von Finns pochendem Puls. Hinter sich vernahm sie in Stereo das Schlucken und Keuchen ihrer Brüder und ihren ängstlichen, flachen Atem.

Doch darüber hinaus hörte sie noch etwas anderes. Sie legte ihren Kopf zur Seite und lauschte. Vielleicht war es der Luftzug, der durch die Tunnel strömte, das Tröpfeln des Wassers durch den Fels, doch sie hätte schwören können, dass sie ein kollektives Seufzen aus vielen Kehlen vernommen hatte, gefolgt von einer Art dumpfem Kichern. Ein seltsames Geräusch. Fast menschlich. Es schien von irgendwo vor ihnen zu kommen – oder war es von hinten? Finn spitzte die Ohren und spürte, wie sich ihre Nackenhaare sträubten.

»Hast du das gehört?«, flüsterte sie. »Hast du das gehört?«

»Was gehört? Warte mal. Ich spüre etwas …« Mike drehte sich um, reckte die Nase in die Luft und schnüffelte wie ein Hund.

Finn atmete tief ein. Ätzendes Ammoniak und Jod, Salz und Tang, gepaart mit dem Hauch von etwas Fauligem.

»Igitt«, keuchte sie. »Das ist ekelhaft!«

»Nicht der Geruch. Die Luft. Von irgendwoher zieht es. Spürst du es nicht?«

»Ja.« Finn legte die Hand an die Wange.

»Es kommt von weiter vorne. Verstehst du denn nicht, was das bedeutet?«

»Nein.« Finn schüttelte ihren Kopf.

»Es bedeutet, dass es irgendwo da vorne eine Öffnung gibt, einen anderen Ausgang! Kommt schon!«

Mike nahm ihre Hand und sie griff hinter sich nach Aidan, der wiederum Conn festhielt. Einer nach dem anderen schlängelten sie sich durch eine enge Öffnung in eine viel größere Kammer. Zu Finns großer Erleichterung hatte sich der Gestank verzogen und sie war auch nicht mehr länger von undurchdringlicher Dunkelheit umgeben. Der gesamte Raum lag in einem diffusen Dämmerlicht.

Mike schaute sich um. »Es muss einen Weg nach draußen geben. Wahrscheinlich ein Spritzloch.«
»Ein – was?«
»Ein Loch an die Oberfläche, das durch Luft, die bei Flut zusammengepresst wird, und das Wasser, das die obere Felsschicht abgetragen hat, entstanden ist.« Er näherte sich der Lichtquelle. »Da oben, seht ihr?«
Alle drei strömten vorwärts. Das Loch war nicht groß, aber groß genug, um ihnen die Flucht zu ermöglichen. Es lag hoch über dem Höhlenboden, doch an der Wand lagen Schutt und Geröll und boten einen natürlichen Aufstieg. Der Schotterhaufen war gerade hoch genug, dass Mike durch das Loch nach draußen greifen und die Grasbüschel packen konnte, die aus der Oberwelt in die Höhle hineinragten. Er kletterte auf den Geröllberg, streckte die Arme aus und zerrte an dem Gras.
»Das müsste halten. Ich gehe zuerst, danach Conn und Aidie. Ihr stellt euch auf Finns Schultern. Finn, dich ziehe ich zum Schluss hoch.«
Der Plan schien gut durchdacht und alles lief glatt – bis Finn an der Reihe war.
Mike beugte sich weit vor, um sie hochzuziehen. Aidan und Conn hielten ihn an den Beinen fest. Finn streckte sich so hoch sie konnte und packte seine Hände. Sein Griff war fest und stark, doch gerade als er anfangen wollte zu ziehen, begann der Boden unter ihr zu wanken. Sie stand auf einem Haufen aus zersplitterten Steinplatten, die aus dem Fels gebrochen waren und der durch nichts zusammengehalten wurde. Aufgrund der heftigen Bewegung, die die vier Eingeschlossenen auf seinem Rücken veranstaltet hatten, rutschte der ganze Hügel in einer Miniaturlawine auf den Höhlenboden zu. Finn suchte verzweifelt nach Halt, doch ihr wildes Treten machte die Sache nur noch schlimmer. Ihre Hände waren kalt und feucht und sie spürte, wie ihre Finger aus Mikes Griff glitten. Wenn

er sich noch weiter in die Höhle hineinlehnen würde, riskierte er einen Sturz. Er musste sie wohl oder übel loslassen.
»Ist alles in Ordnung?«, rief er in den Abgrund hinunter.
»Ja«, erklang Finns Stimme. »Ich glaube schon.«
Sie war nicht verletzt, sondern nur erschrocken. An Ellenbogen und Knien war die Haut leicht aufgeschürft. Sie saß mit ausgestreckten Beinen auf einem Häufchen Dreck und kleinen Steinen. Sie rappelte sich auf. Das runde Loch in der Höhlendecke war jetzt außerhalb ihrer Reichweite. Ihre Gedanken rasten. Wie sollte sie da hoch kommen? Klettern wäre zu gefährlich. Der poröse Stein würde unter ihren Fingern abbröckeln. Außerdem waren die Wände viel zu steil und erhoben sich zu einer unmöglich zu meisternden Wölbung. Es sah so aus, als würde sie hier unten festsitzen, zumindest für eine Weile. Sie setzte sich wieder und schlang die Arme um ihre Knie, um das Zittern zu unterdrücken. Vergeblich versuchte sie ihre Furcht hinunterzuschlucken.
»Warte einen Moment.« Mikes Kopf erschien wieder in der Öffnung. »Aidie hat eine Idee.«
»Keine Angst, ich gehe nicht weg«, rief sie zurück, aber sein Kopf war schon wieder verschwunden. Ihre Stimme wanderte durch die Höhlengänge und wurde von den Wänden zu ihr zurückgeworfen, dumpf und fremdartig in der Dunkelheit. Es war ein einsamer Klang.

14

Finn wandte ihre Augen nicht von dem Lichtkreis über ihrem Kopf ab. Es war weniger als eine Minute her, seit Mikes Gesicht aufgetaucht und wieder verschwunden war, aber es kam ihr viel länger vor. In der Verlassenheit der Höhle schien die Zeit langsamer zu fließen.
Das Loch im Höhlendach war fast kreisrund; Grasbüschel säumten es und hingen herab wie Haarfransen. Finn stand auf, um die Steifheit aus ihren Gliedern zu vertreiben, und rieb sich die Arme. Der Anblick des Himmels und der Sonne dort oben brachte ihr die Kälte hier unten nur noch deutlicher zu Bewusstsein. Tatsache war, dass es immer kälter wurde. Und dann war da dieser Geruch …
Finns Nasenflügel zuckten und bebten. Der faulige Fischgestank, der ihr bereits früher aufgefallen war, umgab sie wieder, stärker als zuvor. Vielleicht lag es daran, dass das Meer weiter stieg, die Luft zusammenpresste und in ihre Richtung schob …
Sie riss den Kopf herum. Da war ein Geräusch. Zunächst noch schwach, eine Art vorbeihuschendes Flüstern, wie Wasser, das vorwärts strömt. Doch dann wurde es lauter, verwandelte sich in ein glucksendes Geschnatter, ähnlich wie Steine, die leicht aufeinander schlagen. Wahrscheinlich die Flut, die durch die Höhlengänge floss …
Finn schaute sich um und versuchte herauszufinden, woher das Geräusch kam. Das Meer lag zu ihrer Rechten – dort war der Gang, aus dem sie gekommen waren, da war sie sich sicher, doch das Glucksen und Gackern kam nicht aus dieser Richtung. Es kam eher von links, was bedeutete, dass das Geräusch seinen Ursprung dort hatte, wo sich die Höhle tief im Fels unter dem Festland verlor.

Die Töne, die ihr entgegenschlugen, wurden nicht von der Strömung oder von dem steigenden Wasser verursacht. Der Geruch wurde immer intensiver, bis die gesamte Felsenkammer mit dem puren Destillat von verfaultem Fisch gefüllt zu sein schien. Finn legte ihren Arm vor Nase und Mund und versuchte einen Brechreiz zu unterdrücken. Furcht und Übelkeit schlugen wie eine große Welle über ihr zusammen und drohten die Oberhand über sie zu erringen. Sie hatte keine Ahnung, was hinter der Biegung des linken Gangs verborgen lag, aber all ihre Sinne versicherten ihr, dass es etwas unbeschreiblich Schreckliches war.

»Schnell! Mike! He, ihr da oben! Ihr müsst mir helfen!«

Sie versuchte zu schreien, aber die Angst schnürte ihr die Kehle zusammen und alles, was sie hervorbrachte, war ein ersticktes Quieken. Sie wandte sich dem hellen Kreis über ihr zu, doch ihre Worte schienen von dort auf sie zurück zu fallen und von der Dunkelheit um sie herum verschluckt zu werden. Jene anderen Töne kamen näher, kreisten sie ein, verwandelten sich wieder. Aus dem Glucksen und Klicken wurde ein tieferes Geräusch, wie Felsbrocken, die aufeinander rollen, oder wie grollendes Gelächter. Dahinter folgte das Wispern des Wassers und sie hörte ihren Namen – immer und immer wieder. Es war das Meer selbst, das sie rief.

Sie konnte immer noch nichts sehen. Sie befeuchtete sich mit der Zunge die Lippen. Ihr Mund war völlig ausgetrocknet vor Angst. Sie presste sich mit dem Rücken gegen die Felswand, drehte den Kopf hektisch von einer Seite zur anderen und suchte mit ihren weit geöffneten Augen die Höhle ab. Nichts zu sehen. Doch da – eine winzige Bewegung, ein weißes Aufblitzen gegen einen nachtschwarzen Hintergrund. Das Glitzern eines Auges oder der Schimmer von Knochen oder Haut.

»Finn?« Die Stimme über ihr fuhr ihr in die Glieder wie ein elektrischer Schlag. »Hier, halt dich daran fest.«

Mike lehnte sich über den Rand der Öffnung und ließ etwas nach unten gleiten. Finn erkannte die breiten gelben Träger von Aidans Rucksack. Sie machte einen Satz und packte die Riemen, wobei sie sich mit einem Fuß von der Felswand abstieß. Sie hatte es fast geschafft, war fast oben, da spürte sie, wie sich etwas um ihr Fußgelenk schloss. Etwas, das die Absicht hatte, sie festzuhalten und zurückzuziehen. Etwas Kaltes und Feuchtes. Sie schaute hinunter in dem Glauben, dass sich ihr Fuß in Seetang verfangen hatte, denn genauso fühlte es sich an. Doch in den Tiefen der Höhle wuchs nichts dergleichen ...

»Was ist los?«, rief Mike.

»Ich hänge irgendwo fest ...«

»Was ist denn, Finn? Was ist los?«

Er erhielt keine Antwort, doch er hatte plötzlich das Gefühl, dass irgendetwas schrecklich schief lief. Finn wehrte sich offenbar gegen etwas. Der Rucksack in seinen Händen schwang heftig hin und her. Er konnte sie kaum halten.

»Ihr beide packt die Seitentaschen!«, schrie er Conn und Aidan zu. »Auf drei! Eins, zwei, drei! Nochmal! Eins, zwei, ...«

Gemeinsam hievten sie, wie ein Team beim Tauziehen. Finn bewegte sich jetzt nicht mehr. Sie klammerte sich nur noch instinktiv fest. Sie hatte nach unten geschaut, immer noch in dem Glauben, es müsste ein Stück Tang sein, das sie umklammert hielt. Stattdessen hatte sie eine Hand gesehen. Die dünnen, gebogenen Finger waren bläulich weiß, fast durchsichtig in der Dunkelheit. Auf dem Handrücken prangte ein blasses blaues Muster, wie ein Spinnennetz oder der Abdruck eines Netzhandschuhs. Der Griff war kräftig und so kalt wie Lehm. Die Hand eines Toten hatte sie gepackt.

15

»Alles klar. Alles klar. Ich hab dich.«
Zitternd und schluchzend presste sich Finn an Mike. Tränen strömten über ihr Gesicht. Ihre Brüder starrten sie mit offenem Mund an. Sie hatten sie noch nie so aufgelöst erlebt. Aber das war ihr egal. Sie wollte nur in den Arm genommen werden.
»He, du weichst ja mein T-Shirt durch.« Mike wartete geduldig, bis Finns Weinkrampf nachgelassen hatte. Dann schob er sie sacht ein wenig von sich, strich ihr Haar zurück und sah ihr in die Augen. »Alles in Ordnung? Fühlst du dich jetzt besser?«
Finn nickte. Ihr Schluchzen war zu einem leichten Zittern versiegt.
»Gut.« Er lächelte und hielt sie noch einen Moment fest, bevor er sie losließ. »Hast du in diesem Müllhaufen zufällig was dabei, was wir gebrauchen können?« Er deutete auf den Inhalt von Aidans Rucksack, der verstreut auf dem Boden lag. »Etwas zu trinken zum Beispiel? Gib mir mal das Handtuch da.«
Finn wischte sich mit dem Handtuch die Tränen ab, während Aidan herumkramte und schließlich eine Flasche Mineralwasser zutage förderte.
»Setz dich einen Moment hin. Trink was, dann wirst du dich besser fühlen.«
Finn gehorchte. Langsam ebbte ihr Schrecken so weit ab, dass sie ihre Umgebung wieder wahrnahm. Sie befanden sich oberhalb der Yellowstone-Bucht, nicht weit von der Stelle, an der sie gestern gestanden hatte, allerdings viel weiter von der Kante der Klippe entfernt.
»Was ist da unten passiert?«, fragte Mike nach einer Weile.

Finn schaute hinunter auf ihr Fußgelenk. Vor ihrem geistigen Auge sah sie wieder jene Hand mit den bleichen Fingern, die sie umklammert hielten. Sie schüttelte den Kopf. Was hatte sie sich da bloß eingebildet? Die Angst hatte sie wohl Gespenster sehen lassen.
»Ich weiß nicht«, sagte sie. »Ich bin wahrscheinlich ein bisschen hysterisch geworden.«
»Pack das Zeug ein.« Mike wandte sich an Aidan. »Wir sollten jetzt besser zurückgehen.«
Unwillkürlich schaute er auf seine Uhr. Die LCD-Anzeige war immer noch eingefroren. Conn stieß ihn an. Er sah auf. Ein Mann kam den Klippenpfad entlanggelaufen. Er sah aus wie Griffiths.
»Wo kommt der denn plötzlich her?«
»Von da drüben, von der Landspitze.« Conn nickte mit dem Kopf zu der Stelle, an der das Land ins Meer abfiel. »Er hat da schon die ganze Zeit gestanden.«
Griffiths ging nahe genug an ihnen vorbei, dass sie sein höhnisches Grinsen erkennen konnten. Seine dunklen Augen glänzten amüsiert beim Anblick ihrer nassen Kleidung und ängstlichen Gesichter, und seine hochgezogenen schwarzen Augenbrauen schienen spöttisch zu fragen, ob sie auch recht viel Spaß hätten. Mike schaute betont zur Seite und ignorierte ihn. Als er wieder auf seine Uhr sah, bewegte sich die LCD-Anzeige plötzlich wieder. Mit einem Mal funktionierte die Uhr, als wäre nichts gewesen, und zwar genau in dem Moment, als Griffiths an ihnen vorbeigelaufen war. Komische Sache.

Finn wachte schweißgebadet auf. Das war der schlimmste Traum gewesen, seit sie hierher gekommen waren, möglicherweise sogar der schlimmste Traum, den sie jemals gehabt hatte. Er hatte wie immer mit dem weit entfernten Donnern und dem Rauschen der Brandung auf Kies begonnen. Erinnerung und Traum vermischten sich, sodass ihr die Kamera ihres Unterbewusstseins nicht länger den üblichen Strand zeigte, sondern die Yellowstone-Bucht. Neue

Schweißperlen bildeten sich auf ihrer Haut, als Finn an die Ereignisse in ihrem Traum dachte. Normalerweise wachte sie auf, wenn die Wellen über ihr zusammenschlugen. Diesmal aber nicht.
Sie hatte sich selbst gesehen, hatte auf ihren Körper hinabgeblickt, als ob er jemand anderem gehörte, musste mitansehen, wie er hin und her geworfen und um die eigene Achse gewirbelt wurde, fest in den Klauen einer tödlichen Strömung. Ihr Haar sah aus wie zarte, strahlende, rot-goldene Grashalme, die sacht über ihre blauen Lippen und ihre weit geöffneten Augen wehten. Sie trug den grünen Badeanzug, den mit den weißen Trägern und den weißen Streifen an der Seite. Sie sah aus wie eine Tote. Unfähig dem strudelnden Sog der Wellen zu widerstehen, folgte sie dem Ruf und ließ sich immer weiter in das tiefe, stille Wasser ziehen, weg von der brüllenden Brandung der Küste.
Sie setzte sich im Bett auf und verschränkte die Arme vor dem Körper. Wenn es nötig war, würde sie die ganze Nacht so sitzen bleiben, immer noch besser, als wieder von diesem Traum verschluckt zu werden. Der Wind war seit gestern Nachmittag stärker geworden und heulte jetzt um das Haus. Die Plastikplanen auf dem Dach flatterten und knatterten. Irgendwo knallte ein Fenster oder eine Tür. Finn empfand diese Geräusche nicht als verstörend, sondern eher als tröstlich. Wenigstens waren sie Wirklichkeit.
Gegen ihren Willen war sie wohl eingeschlafen. Der Wind weckte sie wieder auf. Er wehte jetzt böig, schwoll zu einem Tosen an und ließ dann vorübergehend wieder nach. Und in diesem Moment hörte sie es. In diesem kurzen Moment der Stille. Ein Knarren. Das Geräusch von Holz, das sich unter einem Gewicht bog. Das Geräusch einer behutsamen, vorsichtigen Bewegung. Ein Geräusch, das von draußen kam. Wahrscheinlich träumte sie noch. War wohl doch nicht aufgewacht. Dasselbe war ihr vor ein paar Nächten schon einmal passiert. Ihre Vorhänge waren halb geöffnet und gaben den Blick auf den schwarzen Nachthimmel frei. Ein trockener

Knall, dann noch einer, dann eine Art von Prasseln, gefolgt von einem Tropfenhagel, der das Fenster traf …
Finn setzte sich auf und bemerkte, dass das Fenster geöffnet war. Sie stand auf und taumelte schlaftrunken durch das Zimmer, um es wieder zu schließen, obwohl sie sicher war, dass es vorher zu gewesen war.
Da draußen ist etwas. Sie sieht eine Gestalt, dann eine zweite. Es ist weder Aidan noch Conn. Diese Geschöpfe haben mit ihren Brüdern nichts gemein. Schattenhaft und spinnenartig in ihrer knochigen Hagerkeit erklettern sie das Gerüst, als sei es die Takelage eines Segelschiffs, hangeln sich mit einer Furcht erregenden Geschicklichkeit nach oben.
Finn kann sich nicht bewegen. Angst durchströmt ihre Adern und lähmt sie wie eine schnell wirkende Droge. Eine Hand erscheint am Fenster. Weit gespreizte Finger. Weiß auf Schwarz. Wie die Unterseite eines Seesterns. Starr vor Schreck beobachtet Finn, wie die Hand nach unten gleitet, um das Fensterbrett zu packen. Wenn sie nach unten schauen würde, könnte sie das seltsame Mal auf dem Handrücken sehen: ein Muster aus dunklen Linien, klar und deutlich erkennbar auf der bläulich-grauen Haut. Die Linien formen eine Art Stern, der sich von dem Gelenkknochen des Mittelfingers bis zum Handgelenk erstreckt.
Aber Finn schaut nicht nach unten. Sie ist ihnen heute schon einmal entwischt. Sie zwingt sich, zur Seite zu blicken und greift mit beiden Händen nach oben. Ihre Arme fühlen sich schwer an und wollen sich nur widerstrebend bewegen, doch entschlossen packt sie das Schiebefenster und schließt es mit einem lauten Knall. Das Fenster saust nach unten und die Kante scheint durch den Unterarm hindurch zu schneiden und die Hand sauber vom Körper zu trennen. Finn springt zitternd zurück, doch als sie wieder hinschaut, sieht sie nur eine kleine Wasserlache, die auf dem weißen Lack des Fensterrahmens in kleine Tröpfchen zerfließt.

Finn geht wieder ins Bett, immer noch in dem Glauben, dass dies alles ein Traum sei. Zunächst liegt sie völlig verkrampft da, doch langsam entspannt sich ihr Körper und sinkt zurück in den Schlaf.

Am Morgen war sich Finn sicher, dass sie das alles nur geträumt hatte. Sie erwachte mit einem pelzigen Belag im Mund und den typischen, Übelkeit erregenden Kopfschmerzen. Nach und nach kehrten Details aus dem Traum in ihr Bewusstsein zurück. Sie stand auf und ging hinüber zum Fenster. Dort stand immer noch eine kleine Pfütze auf dem Fensterbrett. Sie tauchte ihren Finger ein und leckte daran. Sie schmeckte Salzwasser.

16

Maggie Logan und ihre Söhne waren auf dem Weg zum Strand. Maggie hatte vorgeschlagen, dass Finn sie begleiten sollte. Ein Spaziergang an der Küste würde die Kopfschmerzen wahrscheinlich vertreiben. Aber Finn hatte keine Absicht sich dem Meer zu nähern. Sie ging in die entgegengesetzte Richtung, und zwar ins Dorf. Der Ort war ziemlich klein. Eine kleine Kirche aus grauem Stein mit einem gedrungenen, quadratischen Kirchturm stand in einiger Entfernung neben einer Kneipe – der *Schmugglerstube* – und um einen verwilderten Rasenfleck gruppierten sich ein paar Häuser und ein kleines Ladengeschäft.

Der Laden, in dem auch die Post angenommen wurde, verkaufte Zeitungen, Zeitschriften und die üblichen Süßigkeiten und Snacks. In einigen Regalen lagen ein paar Lebensmittel für Touristen, die übers Wochenende herkamen, und für die Einheimischen, die das eine oder andere bei ihrem wöchentlichen Einkauf im Supermarkt vergessen hatten. Die Ladentür stand offen und die Frauen, die an der Theke standen, verstummten, als Finn eintrat.

»Kann ich dir helfen?« Die untersetzte Frau an der Kasse schaute zu Finn herüber.

»Nein, danke. Ich schaue mich nur um«, antwortete Finn, aber die Frau hatte sich schon wieder ihren anderen Kundinnen zugewandt. Es sah nicht so aus, als ob sie etwas kaufen wollten. Ihrem Dialekt nach waren es Frauen aus dem Dorf, die nur ein Schwätzchen hielten.

Finn fühlte sich unbeholfen, wie ein Eindringling. Sie tat so, als würde sie sich im Laden umschauen und ging dann schnell wieder hinaus. Auf dem Weg nach draußen blieb sie an einem Ständer mit Strandspielzeug hängen. Sonnenschirme klapperten wie Mikadostäbe übereinander, kleine Surfboards aus Styropor fielen gegen einen Stapel mit Plastikeimern, die umkippten und über den Gehsteig rollten. Die Frauen an der Theke drehten sich um und gafften. Finn wurde feuerrot und beeilte sich, die Eimer aufzuheben.

»Ich dachte, dass du nach dem gestrigen Tag erst mal genug von Eimern hast. Warte, ich helfe dir.« Mike bückte sich und hob ein paar Eimer auf. »Wie geht's dir? Alles in Ordnung?«

»Ja, sicher. Was machst du hier?«, fragte sie, während er den Ständer wieder einräumte.

»Ich besorge den Handwerkern ein paar Kleinigkeiten.« Er nickte in Richtung der Theke und des Kühlschranks daneben. »Sie müssen regelmäßig mit Getränken, Zigaretten und einem Imbiss versorgt werden. Ohne das geht die Arbeit nicht voran.«

Die Frau lächelte, als er seine Bestellung aufgab. Sie redeten und lachten zusammen und tauschten einige schnelle Worte auf Walisisch aus. Das Gesicht der Frau entspannte sich und ihre Körperhaltung wurde lockerer, während sie miteinander sprachen. Die beiläufige Gleichgültigkeit, die sie Finn entgegengebracht hatte, wurde abgelöst von echter Freundlichkeit. Es war deutlich zu sehen, dass Mike zu ihren Lieblingskunden gehörte.

»Das ist Finn«, stellte er sie vor.

»Hallo, meine Liebe. Ich bin Nerys.« Die Frau streckte ihre fleischige Hand aus. »Mir gehört die *Schmugglerstube* und dieser Laden hier.«

»Sie wohnt im Salzhaus.«

»Ah ja, deine Mum war schon ein paar Mal hier. Ich hab mich schon gefragt, zu wem du gehörst. Hab dich mal am Strand gesehen.«

Nerys lächelte sie weiterhin an, aber die anderen Frauen an der Theke schauten einander viel sagend an.

»Hat deine Mutter das Haus gekauft?«

Finn schüttelte den Kopf. »Meine Tante.«
»Macht ihr Urlaub hier?«
Finn nickte.
»Das ist schön. Wie gefällt es euch?«
»Okay. Gut.«
»Erholt ihr euch gut?«
»Ähm, ja, ich glaube schon ...«
»Schön. Sehr schön.« Nerys warf ihr noch ein Lächeln zu und sagte dann noch etwas auf Walisisch zu Mike, während sie ihm eine Tüte mit seinen Bestellungen reichte.
Er nickte und lächelte ebenfalls, erwiderte etwas in der gleichen Sprache und warf dann auf dem Weg zur Tür einen Abschiedsgruß über die Schulter zurück. »Mach's gut, Nerys.«
Sie antwortete noch einmal auf Walisisch, aber Mike lachte nur und winkte ihr zu.
»Was hat sie gesagt?«, fragte Finn, als sie draußen waren.
»Nichts.« Mike zuckte mit den Schultern, aber an der Art, wie er rot wurde, erkannte Finn, dass er nicht die Wahrheit sagte.
»Bist du sicher?«
»Klar.«
»Aber sie hat doch was gesagt. Ich hab's doch gehört.«
»Es war nichts.«
»Wie viele Worte sind nötig, um nichts zu sagen? Das musst du mir schon erklären.«
»Also gut.« Er errötete noch stärker. »Sie hat gesagt, dass du sehr hübsch bist.«
»Oh.« Das hatte Finn nicht erwartet.
»Versteh sie nicht falsch.« Mike ahnte, was sie dachte. »Die Leute hier sind nicht unfreundlich, nur irgendwie scheu. Sie kennt dich nicht, verstehst du? Mich dagegen kennt sie, seit ich so groß war.« Mit der Hand deutete er Kniehöhe an. »Wir haben hier gewohnt, als ich klein war.«

»Warum seid ihr weggezogen?«
»Dad wollte in der Stadt leben. In der Nähe des Hafens, wegen seiner Arbeit.«
»Was macht er denn?« Finn war neugierig. Ihr fiel auf, dass sie so gut wie nichts über ihn, seine Familie und sein Leben wusste.
»Er ist Lotse.«
Finn runzelte die Stirn, als ob sie den Zusammenhang nicht verstanden hätte. »Du meinst Fluglotse?«
»Nein.« Mike lachte. »Er lotst Schiffe in den Hafen, Tanker zu den Raffinerien und Fähren zu ihren Anlegestellen.«
»Geht deine Mutter arbeiten?«
»Halbtags in einer Zahnarztpraxis. Den Rest des Tages kümmert sie sich um meinen kleinen Bruder.«
»Ich wusste gar nicht, dass du einen kleinen Bruder hast.« Sie hätte es sich denken können: Das war der Grund, warum er so gut mit Aidan und Conn umgehen konnte.
»Oh ja. George.«
»Wie alt ist er?«
»Sieben. Ein paar Jahre jünger als Conn. Er ist eine Art Nachzügler. Ich glaube nicht, dass meine Eltern noch Kinder planten, als meine Mutter schwanger wurde. Ich habe auch eine ältere Schwester, aber sie wohnt nicht mehr zu Hause. Sie arbeitet im Ausland.«
»Oh.« Finn wusste nicht, was sie sagen sollte. Plötzlich war sein Leben voll von Menschen, von denen sie nicht die geringste Ahnung hatte. Es war ihr vorher nicht in den Sinn gekommen, ihn nach seiner Familie zu fragen.
»Was ist das?«
Sie gingen gerade am Friedhof vorbei. Finn deutete zu einem großen Radkreuz, das direkt hinter dem Eingang stand.
»Dort befindet sich ein Massengrab.« Er öffnete das kleine Holzgatter und ließ ihr den Vortritt. »Die *Nancy Drew*, gesunken mit Mann und Maus. An Bord waren lauter Emigranten, die nach Ka-

nada auswandern wollten. Es war am 3. Mai 1855, als sie auf die Vipern auflief. Keiner überlebte. Hundertdreiundneunzig Männer, Frauen und Kinder ertranken.« Er drehte sich um und deutete auf ein kleineres Mahnmal, einen einfachen Schieferstein, der im Schatten eines Baumes stand. »Das da ist für die Rettungsmannschaft, die ihnen zur Hilfe kommen wollte.«
Finn ging hinüber und las die Inschrift:

Zu Gottes Ruhm und im Gedenken an jene Männer,
die ihr Leben ließen, als sie Rettung in der Not bringen wollten …

Sie las die Namensliste und bekam eine Gänsehaut. Zwei der Männer trugen den Namen Treherne.
»Viele meiner Familie liegen hier begraben«, sagte Mike leise.
Finn blickte sich um und sah den Namen auf verschiedenen Grabsteinen stehen. Einige waren alt, mit Flechten überzogen, die Schrift fast bis zur Unkenntlichkeit verwittert. Auf anderen, die jüngeren Datums schienen, konnte man die Gravierung deutlich lesen. Manche der dort Begrabenen waren siebzig Jahre und älter geworden, aber eine Reihe von ihnen war auf hoher See umgekommen oder ertrunken bei dem Versuch, Schiffbrüchigen zu helfen. Ihre Namen tauchten überall dort auf, wo an Unglücke und Katastrophen erinnert wurde: John, William, George Treherne. Lotse.
»Es ist ganz schön gefährlich Lotse zu sein«, sagte Mike, während er auf die verschiedenen Namen deutete. »Hier haben wir einen besonders interessanten Fall.« Er nickte zu einem kleinen, kompakten Stein, der auf der Oberfläche mit einem Muster verziert und mit einem Kreuz versehen war, dessen vier Linien alle gleich lang waren. »Sie nannten ihn den ›Teufelslotsen‹.«
»Ist er auch ertrunken?« Finn kniete sich nieder und schob die Grashalme zur Seite, um das Datum zu lesen. »Scheint nicht so«, sagte sie und rechnete im Kopf nach. »Er war zu alt, um noch …«
»Nein. Er hat überlebt.«

»Warum nannten sie ihn Teufelslotsen?«
»Er ist rausgefahren zur *Anna Marie.* Du weißt schon, das Schiff, das in der Yellowstone-Bucht gesunken ist, dort, wo wir gestern waren. Von dem ich euch erzählt habe.«
»Ja, aber warum nannten sie ihn so?«
»Es ist eine dunkle und stürmische Nacht, da hören sie einen Gewehrschuss. Das Alarmsignal. Das Signal für ein Schiff, das in Seenot geraten ist. Und da wird auch schon vor St. Mary's Head eine Fregatte gesichtet. Offenbar hat sie noch versucht nach Danford Haven zu kommen, aber es bläst ein scharfer Nordwestwind und die See ist unruhig. Sie ist völlig vom Kurs abgekommen, entweder wurde sie abgetrieben oder aber durch falsche Signale angelockt. Sie befindet sich nämlich abseits der Hauptfahrrinne und steuert direkt auf die Vipern und die Westwater Bucht zu.« Mikes Augen verschleierten sich, als ob er all das, was er erzählte, vor seinem geistigen Auge sehen könnte. »Es stellt sich heraus, dass dieses Schiff die *Anna Marie* ist. John Treherne fährt raus, um ihr zu helfen. Als Lotse ist es sein Job, dem Kapitän seine Unterstützung anzubieten, aber als er an Bord kommt, weist der ihn ab. Er steht an der Reling, ein großer Mann mit schwarzem Bart und ganz in Schwarz gekleidet. ›Fort mit dir, Lotse!‹, ruft er nach unten. Der Wind reißt ihm die Worte aus dem Mund. ›Du kannst uns nicht mehr helfen. Niemand kann das. Rette dich selbst! Ich will dein Leben nicht auch noch auf dem Gewissen haben. Wir sind auf dem Weg in die Hölle!‹
Oben auf der Klippe leuchteten falsche Signallaternen. Die *Anna Marie* wurde tatsächlich in ihren Tod gelockt. Der Lotse und seine Mannschaft kamen zu spät. Das Schicksal des Schiffes war unabwendbar. Sie lief auf die Vipern auf. Als sie auseinander zu brechen begann, warfen sich die Seeleute aus der Takelage in das tosende Meer, und aus den Laderäumen und den Kabinen unter Deck ertönte ein solches Jammern und Klagen, dass es dem Lotsen und seinen Leuten so vorkam, als wäre das Schiff voller verdammter

Seelen. Sie taten, was sie konnten, aber niemand überlebte.« Mike schüttelte traurig den Kopf. »Aber das ist noch nicht das Ende der Geschichte …« Er senkte seine Stimme zu einem dumpfen und gespenstischen Flüstern.
»Na, sag schon«, drängte Finn. »Wie geht's weiter?«
»Man sagt, dass in stürmischen Nächten ein schwarzes Schiff, getakelt und mit voll gesetzten Segeln, in die Bucht einfährt, gegen den Wind und gegen jede Strömung. Nicht eine Menschenseele ist an Bord zu sehen. Es geht das Gerücht, es sei der Teufel selbst, der gekommen sei, um jene heimzusuchen, die ihn einst auf die Klippen gelockt haben … He!« Mike hielt erschrocken inne, als er sah, wie jede Farbe aus Finns Gesicht wich. »Das ist doch nur eine Geschichte!« Er senkte seinen Kopf und sah ihr in die Augen. »Ich habe dir doch keine Angst gemacht, oder etwa doch?«
»Natürlich nicht!« Finn drehte sich weg, damit er nicht sah, wie sehr sie zitterte. »Ich bin schließlich kein kleines Kind mehr. Mit dieser Geschichte könntest du nicht einmal Conn und Aidan beeindrucken.«
Dich aber schon, dachte Mike. Er wollte fragen, warum sie sich fürchtete, entschied aber, dass es dafür nicht der richtige Zeitpunkt war. Er fing an, Finn richtig zu mögen. Er hatte sich gefreut, dass er sie im Laden getroffen hatte. Er wollte sie gerne besser kennen lernen, trotz ihrer Launenhaftigkeit und ihrer messerscharfen Bemerkungen. Gestern schien sie aufzutauen – ein bisschen wenigstens. Er hatte sogar mit dem Gedanken gespielt sie um eine Verabredung zu bitten. Jetzt schaute sie finster drein, mit gerunzelter Stirn und zusammengezogenen Augenbrauen. Nein, dies war sicher nicht der richtige Zeitpunkt für solche Fragen.
»Tut mir Leid.« Er hob abwehrend die Hände. »Egal, was ich getan habe. Ich wollte nicht …«
»Schon gut«, seufzte Finn. »Es hat nichts mit dir zu tun. Ich habe nur letzte Nacht nicht gut geschlafen, das ist alles.«

Schweigend gingen sie weiter. Finn schien in Gedanken versunken, fast so, als hätte sie vergessen, dass er da war. Mike schaute um sich, um etwas zu finden, das sie interessieren könnte.

»Da, schau mal.«

Er deutete auf einen anderen Grabstein. Er sah ziemlich alt aus und neigte sich leicht nach vorn. Die verwitterte Inschrift verschwand fast unter den feinen Fasern grauer und gelber Flechten.

»Er ist der Grund, warum ich hier bin.«

»Was meinst du damit?«

»Treherne ist kein walisischer Name. Er stammt aus Cornwall.«

Finn beugte sich nieder. Sie konnte die Schrift entziffern: *James Treherne, verließ diese Welt anno 1719.*

»Warum steht da nur ein einziges Datum?«, fragte sie und schaute zu Mike hoch.

»Man wusste nur, wann er gestorben, nicht aber, wann er geboren war.«

»Wie merkwürdig! Warum nicht?«

»Er war ein Schiffbrüchiger, der an Land gespült wurde. Seine Mutter und sein Vater kamen bei dem Unglück ums Leben. Die Leichen wurden ausgeplündert: Kleidung, Schmuck, alles wurde ihnen genommen. Manche sagen, dass die Frau noch am Leben war, aber als sie sich wehrte und versuchte ihr Kind zu beschützen, brachten sie sie mit einem jener kleinen Beile um. Auch der Vater wurde getötet, nur wegen der silbernen Schnallen an seinen Schuhen. Den Jungen haben sie bis zum Schluss am Leben gelassen, weil er nichts Wertvolles bei sich hatte. Nachdem sie ihm die Kleider vom Leib gerissen hatten, überließen sie ihn seinem Schicksal. Doch ein Fischer nahm sich seiner an. Nicht jeder hier hatte Anteil an dem Morden und Plündern. Für die Eltern kam jede Hilfe zu spät, aber er erkannte, dass der Junge noch am Leben war. Und so nahm er ihn an Sohnes Statt an. In seinem Hemd, das sie ihm gelassen hatten, fand man seinen Namen eingestickt: James Treherne.«

»Wer liegt dort?«
Finn strich ein Grasbüschel zur Seite und entblößte einen kleinen, ovalen Stein aus schwarzem Marmor. Er lag neben dem Grab von James Treherne, aber er war viel neuer. Brandneu, um genau zu sein. Die Inschrift war fein säuberlich in der auf Hochglanz polierten Oberfläche eingeschnitten und sie war frisch. Finn schaute auf die Jahreszahlen und rechnete nach: William Treherne war sechsundzwanzig gewesen, als er vor vier Jahren gestorben war.
»Das ist das Grab meines Onkels.« Mikes Stimme war kühl und er wich ihrem Blick nicht aus, als wollte er testen, ob sie Taktgefühl besaß oder eine dumme Bemerkung machen würde.
Finn entschuldigte sich. »Tut mir Leid.« Mikes Onkel war noch nicht lange tot. Die Zeit hatte die Erinnerung daran noch nicht betäubt und der Gedanke an den Tod des jungen Mannes war sicherlich noch schmerzhaft. »Du musst mir nichts erzählen, wenn du nicht willst. Es ist nur …« Sie zögerte. »Er war so jung.«
»Ja. Tragisch.« Nun war es Mike, der schnippisch und verschlossen wirkte.
»Wie ich schon sagte, du musst nicht darüber reden.«
»Das … das ist es nicht. Es ist nur … na ja, ich bin einfach noch nicht drüber weg.«
Finn nickte.
»Weißt du, es war ein Tauchunfall«, fuhr Mike nach einer kurzen Weile fort. »Sein Körper wurde nie gefunden. Deshalb ist der Stein so klein.«
»Was ist passiert? Woher weiß man … weiß man, dass er …«
»Tot ist? Das war nicht schwer zu erraten. Er war allein draußen …« Mike biss sich auf die Lippe und runzelte die Stirn. »Etwas muss geschehen sein. Man fand einen Teil seiner Ausrüstung. Sauerstoffflaschen, die wie Coladosen zusammengepresst waren. Ein Tauchanzug, in winzige Stücke zerfetzt …«
Mike hielt inne, als ob er seiner Stimme nicht mehr traute. Als er

fortfuhr, lag mehr Ernsthaftigkeit darin, als Finn es jemals bei ihm erlebt hatte. Er sprach mit einer wohl überlegten Bitterkeit, die tief saß und scheinbar seit langem an ihm fraß. Finn hatte das Gefühl, dass er nicht nur für sich selbst sprach, sondern ausdrückte, was viele Menschen dachten.

»Er hätte nicht allein rausfahren dürfen«, sagte er. »Man sollte immer zu zweit tauchen, mit einem Partner, für den Fall, dass etwas schief geht. Eigentlich schien der Tag ideal zu sein: Das Wetter war gut, die See war ruhig, aber er tauchte in der Westwater Bucht und da draußen kann dir alles passieren. Aus dem Nichts erhob sich ein Sturm – du hast es ja kürzlich selbst erlebt. Fehlerhafte Ausrüstung, die Brandungsrückströmung, Strudel – Tauchen ist eine gefährliche Angelegenheit.«

»Was hat er dort gewollt?«

»Ein Wrack untersuchen. Die *Anna Marie.*«

»Warte mal, ich dachte …«

»Dass Griffiths sie gefunden hat? Ganz sicher nicht.« Mikes Oberlippe kräuselte sich verächtlich. »Er riss nur den ganzen Ruhm an sich und auch das ganze Geld. Will hat das Schiff gefunden. Er kannte all die Geschichten um die *Anna Marie* in- und auswendig, seit seiner Kindheit. Er wusste, dass sie irgendwo da draußen lag. Er hat eine Menge Recherchearbeit geleistet: Karten studiert, Tabellenkalkulationen aufgestellt und Augenzeugenberichte gelesen. Er ging sogar nach London, um die Unterlagen der Admiralität einzusehen, und nahm Jobs im Ausland an, damit er in der Tauchsaison genügend Geld hatte und nicht arbeiten musste. Er fand eine Kanone und einen Anker, die möglicherweise von der *Anna Marie* stammten. Und dann machte er noch eine Entdeckung.« Mikes Augen glänzten vor Erregung, als ob er selbst dabei gewesen wäre. »Das Wasser dort war sehr kalt und die Strömung ziemlich stark. Will hatte Mühe seine Position zu halten, und durch die heftigen Bewegungen gelangte Wasser in seine Taucherbrille. Er neigte den

Kopf, um es abfließen zu lassen, und als er wieder freie Sicht hatte, fiel sein Blick auf etwas Glänzendes, das in einer Felsspalte steckte. Er stocherte in dem Loch herum und holte eine Goldmünze hervor. Dann noch eine und noch eine, bis er schließlich vier Stück gefunden hatte. Sein Sauerstoff war fast aufgebraucht, daher machte er sich schleunigst auf den Rückweg zu seiner Gummiente ...«

»Seiner was?«

»Seinem Schlauchboot.« Mike lächelte. »Er nannte das Boot immer Gummiente. Auf jeden Fall tauchte er auf, die Faust so fest um die Münzen geballt, dass der Abdruck noch Stunden später zu sehen war. Natürlich sprach sich die Sache herum. Und da erwachte Griffiths' Interesse. Er wollte sich Will anschließen, bot ihm an, das Unternehmen zu finanzieren. Schließlich verdient er mit Bergungsarbeiten sein Geld. Aber Will wollte nichts davon hören.«

»Aber ich dachte, all das Gold und die Wertsachen waren an Land gespült worden.«

Mike schüttelte den Kopf. »Nicht alles. Auf dem Schiff befand sich das persönliche Vermögen des Kapitäns. Einige behaupten, er sei ein Pirat gewesen, ein Freibeuter. Es ranken sich viele Geheimnisse um ihn, aber eins ist sicher: er war sehr reich. Was an Land aufgesammelt wurde, ist nur ein Bruchteil dessen, was an Bord gewesen war. Und da lag es nun, gut verborgen in jener Felsspalte. Davon war Will überzeugt.«

»Und was geschah dann?«

»Will hätte seine Entdeckung sofort melden müssen, und zwar dem Strandvogt. Der ist dafür zuständig. Aber das tat er nicht. Er wollte zuerst sicher sein, dass das, was er gefunden hatte, tatsächlich die *Anna Marie* war. Das war sein Fehler. Nicht lange nach seinem ersten Tauchgang hatte er diesen Unfall. Danach übernahm Griffiths die Bergung und meldete das Wrack, als sei er derjenige gewesen, der es entdeckt hatte.«

»Aber damit konnte er doch nicht durchkommen!«

»Warum nicht? Will war ja nicht mehr da, um ihm seine Ansprüche streitig zu machen.«

»Was ist mit den Leuten hier? Die Leute, die im Dorf wohnen? Die müssen doch gewusst haben, dass dein Onkel der wahre Entdecker war, oder nicht?«

»Ja, aber Griffiths hat das Wrack beim Strandvogt eintragen lassen, und zwar auf seinen Namen. Er sorgte dafür, dass alles niet- und nagelfest geregelt und jedes Detail schriftlich niedergelegt wurde. Niemand konnte etwas dagegen tun. Es gab zwar viel Gerede, aber daran ist Griffiths gewöhnt. Er war niemals besonders beliebt. Das gilt übrigens für die ganze Familie. Die Sippe hatte schon immer einen schlechten Ruf.«

»Weil man sie für Zauberer hielt?«, fragte Finn, der das Gespräch zwischen ihrer Mutter und Jack Treherne wieder in den Sinn kam. »Die Stürme beschwören konnten?«

Mike nickte.

»Glauben die Leute heute noch daran?« Sie dachte an den Tag auf den Klippen, wie seltsam es war, dass Griffiths ausgerechnet dann zur Stelle gewesen war, als der Wind aufgekommen war. »Du weißt schon, daran, dass er magische Kräfte hat.«

»Sie würden es zwar nicht zugeben, aber es gibt sicher nicht viele, die sich freiwillig mit ihm anlegen würden. Mein Onkel hat's getan.« Mike ging in die Knie und berührte den glänzend schwarzen Stein. Mit dem Finger fuhr er die gravierte Inschrift nach. »Und schau dir an, wohin es ihn gebracht hat. Natürlich hat danach niemand aus der Gegend für Griffiths gearbeitet – dafür hat Onkel Jack schon gesorgt – aber was macht das schon?« Mike stand wieder auf und zuckte in einer Geste der Hilflosigkeit die Schultern. »Er hat sich einfach auswärtige Taucher geholt. Es stellte sich heraus, dass das Wrack noch viel ergiebiger war, als man gehofft hatte. Griffiths hat ein Vermögen verdient.« Er verschränkte die Arme vor der Brust und stieß ein freudloses Lachen aus. »Genug,

um die Jacht zu kaufen und sich diesen Klotz von einem Bungalow bauen zu lassen.«
»Aber du willst doch nicht etwa damit sagen …« Finn runzelte die Stirn. »Du willst doch damit nicht etwa sagen, dass Griffiths irgendetwas … mit dem Tod deines Onkels zu tun hatte …«
Mike zuckte noch einmal die Schultern. Sein Gesicht war verschlossen und er schwieg.
»Aber hätte es dann nicht eine Untersuchung gegeben? Ich meine, die Polizei …«
»Was hätten die schon machen sollen? Die Leiche wurde ja nie gefunden. Außerdem war Griffiths zu der Zeit meilenweit weg. Er hat ein Alibi und jede Menge Zeugen, die das bestätigen können. Und trotzdem glaube ich, dass er es war«, murmelte Mike.
»Warum?«
»Er hatte ein Motiv. Er wollte das Wrack für sich alleine haben. Er war stinksauer, als Will sich weigerte mit ihm zusammenzuarbeiten.«
»Aber wie? Wie hätte er das anstellen sollen?«
»Sabotage. Vielleicht hat er irgendetwas an der Ausrüstung getrickst oder am Boot. Es gibt unzählige Möglichkeiten …«
Mike verstummte. Man hatte ihm schon oft zu verstehen gegeben, er sollte den Mund halten, schließlich hatte er keinerlei Beweise für die Beschuldigungen, die er erhob. Ohne Beweise waren seine Worte nichts als Verleumdungen.
»Ist ja auch egal. Ich weiß einfach, dass er es war«, fügte er leise hinzu, fast zu sich selbst.
»Aber woher willst du das wissen?«
»Ich fühle es.« Er tippte sich auf die Brust. »Ich fühle es hier drin und eines Tages werde ich es auch beweisen. Komm jetzt.« Er nahm ihren Arm. »Lass uns hier verschwinden. Dieser Ort macht mich traurig.«
Finn schaute ein letztes Mal auf den kleinen glänzenden Stein zu ihren Füßen. Das war alles, was von einem Leben übrig geblieben war.

17

»Ich wollte deine Brüder heute Nachmittag mit in die Stadt nehmen, um Angelzeug zu besorgen«, sagte Mike, als sie beim Salzhaus angekommen waren. »Hast du Lust mitzukommen?«

»Mir liegt nichts am Angeln.«

»Der Schiffsausrüster ist nicht der einzige Laden dort. Da kaufen wir zwar das Angelzeug, aber es gibt noch jede Menge anderer Geschäfte. Der ganze Hafenbereich ist renoviert worden. Es gibt Cafés, ein kleines Museum und ...«

»Also gut, ich komme mit.«

»Vielleicht denkst du, dass das alles langweilig und öde ist, aber ...«

»Ich sagte doch, ja, ich komme gerne mit.« Finn legte ihre Hand auf seinen Arm, um seinen Redeschwall zu bremsen.

»Prima.« Er grinste erleichtert und freute sich, dass sie zugestimmt hatte. »Abgemacht. Ich glaube, das Geschäft mit den Schiffsausstattungen wird dir gefallen. Es gehört Onkel Jack und liegt direkt an der Werft. Als ich noch klein war, habe ich mich bei jeder Gelegenheit dort herumgetrieben. Ich liebte die Werft, den Geruch nach Holz, Farbe und Politur, und ich habe Holzreste gesammelt, um mein eigenes kleines Boot zu bauen. Wenn mir das zu langweilig wurde, bin ich einfach in den Laden gegangen. Es war, als würde man das Paradies betreten: stapelweise Surfboards, Ausstattungsgegenstände für Jachten und Kutter und Fischereizubehör. Früher hat Onkel Will hier gearbeitet ...«

»Was war er für ein Mensch, dein Onkel Will?«

»Er war der jüngste Bruder. Dad und Onkel Jack waren viel älter als er, daher kam er mir nie wie ein Onkel vor, mehr wie ein großer

Bruder. Ich habe ihn angebetet. Alles an ihm war aufregend. Schillernd. Er war viel unterwegs und wenn er zurückkam, brachte er mir immer etwas mit. Kennst du das – wenn dir deine Verwandten Geschenke mitbringen und es ist nie das, was du dir wünschst? Er wusste immer, was mir gefiel. Surfausrüstungen aus Australien, die man hier nirgends bekommt, nachgemachte Designer-Klamotten. Einmal hat er mir eine Rolex mitgebracht. Und das hier.«

Um seinen Hals trug Mike einen Anhänger an einem dünnen schwarzen Lederband. Finn hatte die Lederschnur schon bemerkt. Jetzt fischte er in sein T-Shirt und holte den Anhänger hervor. In einen grünen Jadestein war ein Tänzer eingraviert, dessen Zunge weit aus seinem zu einer Grimasse verzerrten Mund hing.

»Was ist das?«

»Ein *Tiki* aus Neuseeland. Ein Glücksbringer der Maori. Will war zum Surfen dort und hat ihn für mich gekauft. Er war ein brillanter Surfer. Einer der ganz Großen. Als er so alt war wie ich ist er mit einem Freund um die ganze Welt gereist. Sie waren überall: Südafrika, Australien, Neuseeland, Bali, Hawaii – sie sind die ganze amerikanische Pazifikküste entlanggefahren, von Mexiko bis nach Alaska. Sie surften sogar dann noch, als die Wellen an der Küste zu Eis gefroren.« Er lächelte. Seine blauen Augen blickten in die Ferne. »Er hat verwirklicht, wovon andere Leute nur träumen. Ich würde das auch gerne tun. Ein Jahr Auszeit nehmen, einfach nur herumfahren …«

»Hmm. Vielleicht. Aber ich glaube nicht, dass mir das gefallen würde.« Finn verstand nicht ganz, was daran so reizvoll sein sollte. »Er war also lange Zeit im Ausland?«

Mike nickte. »Er arbeitete als Taucher: auf einer Bohrinsel, bei einem Bergungsunternehmen und als Tauchlehrer. Sechs Monate lang rackerte er sich ab und die restlichen sechs Monate hatte er frei, konnte machen, was er wollte. Keine schlechte Art zu leben.«

»Warum ist er dann hierher zurückgekommen?«

»Er sagte, er habe es satt herumzuwandern. Er wollte sich niederlassen. Er hat den Laden für Onkel Jack geführt und nebenbei die Recherchen über die *Anna Marie* betrieben. Von dem Erlös des Wracks wollte er eine Tauchschule eröffnen. Er hatte so viele Pläne, aber ...« Mike zuckte die Schultern. Sein Kopf war gesenkt. Die Geste sprach für sich: Sein Onkel hatte keine Gelegenheit mehr gehabt sein Vorhaben in die Tat umzusetzen. Sein Leben war zu Ende.

Da sie nicht alle in Mikes Auto passten, borgte ihnen Jack Treherne den Kleinbus. Als sie in die Stadt kamen, hatte der Schiffsausrüster gerade geschlossen. Wahrscheinlich saß der Typ, der den Laden jetzt führte, noch beim Mittagessen. So gingen sie stattdessen ins Museum.
Im Vorraum des Museums wiesen Plakate auf eine Sonderausstellung hin:

Die Gefährliche Küste
Die Geschichte der Strandräuberei

Sie folgten den Pfeilen in den Ausstellungsraum. Dort war es dunkel. Es dauerte eine Weile, bis sich ihre Augen an das Dämmerlicht gewöhnt hatten.
»Schaut mal.« Conn drückte einen Knopf auf der Schalttafel neben ihm und sofort leuchteten eine Vielzahl von kleinen Lämpchen auf. »Das zeigt an, wo überall an der Küste Wracks im Meer liegen.«
»Wow! Ich hätte nie gedacht, dass es so viele sind. Und die meisten davon bei uns in der Bucht.« Aidan beugte sich vor und betrachtete die Karte genauer. »Einige davon sind erst vor kurzer Zeit untergegangen.« Er runzelte die Stirn. Er hatte immer geglaubt, dass Wracks etwas waren, was einer längst vergangenen Zeit angehörte.
»Radar und moderne Navigationsinstrumente machen das Meer nicht weniger gefährlich«, erklärte Mike. »Heutzutage sind es meistens kleine Schiffe, Segeljachten oder Fischkutter, aber vor ei-

nigen Jahren ist eine Fähre auf Grund gelaufen, ganz zu schweigen von den Öltankern, die in Seenot geraten. Danford Haven ist einer der tiefsten Häfen in ganz Europa, aber die Einfahrt ist sehr eng. Gar nicht so einfach, bei Windstärke Zehn da reinzukommen.« Er grinste. »Gott sei Dank gibt es meinen Dad.«

»Das also ist sein Job?« Aidan war beeindruckt.

»Ja. Er ist ein Lotse.«

»Was genau macht ein Lotse eigentlich?«, fragte Conn.

»Ein Lotse ist ein richtiger Fachmann, er braucht eine Lizenz, wenn er seinen Beruf ausüben will. Er führt Schiffe in einen Hafen und aus ihm heraus.«

»Was? Sogar die ganz großen? Die Tanker und Ozeanriesen?« Conn schaute zu Mike auf, der nickte.

»Mann, das ist cool!« Aidan pfiff anerkennend. Mikes Lächeln wurde noch breiter. Er war stolz auf die Arbeit seines Vaters.

Sie schlenderten zum nächsten Ausstellungsstück, einem großen Tableau, das ebenfalls per Knopfdruck zum Leben erwachte und sogar Klangeffekte bot. Ein Schiff tauchte aus der Dunkelheit auf. Es hatte Schlagseite und seine vier Masten und die spinnennetzartigen Seile der Takelage hoben sich gegen einen gemalten Hintergrund aus turmhohen Wellen ab. Der Mond versilberte den Himmel hinter den zerzausten Wolken. Verschiedenfarbige Lichter, die abwechselnd aufstrahlten, vermittelten den Eindruck, als bewege sich die ganze Szenerie. Ein Gewitter zog auf und jeder Donnerschlag wurde von einem zuckenden Blitz begleitet. Der Wind heulte, die Wellen tosten und über all den tobenden Lärm erhob sich der diffuse Klang menschlicher Stimmen. Verzweifelte Kommandos vermischten sich mit angstvollen Gebeten und Hilfeschreien.

Die nächste Tafel zeigte dasselbe Schiff im bleichen Licht des neuen Morgens. Es befand sich jetzt näher an der Küste. Die Masten waren gebrochen und trieben in einem Geflecht aus Tauen und Segeln im strudelnden Wasser. Das Schiff lag wie ein zerbrochenes Kinderspielzeug auf dem tückischen und messerscharfen Riff. Breite Planken ragten zerschmettert und zersplittert in die Luft. Am Strand stand eine dunkle Wand aus Menschen und beobachtete den Todeskampf des untergehenden Schiffes. Die Küstenlinie war bereits mit Wrackteilen und Leichen übersät.

Das Donnern der Brandung und das Knirschen und Saugen der Strömung, die sich an den Felsen rieb, waren fast zu viel für Finn. All ihre Träume standen ihr mit einem Mal vor Augen. Ihr Mund füllte sich mit dem scharfen Geschmack von Salzwasser und Blut. Das dumpfe Brausen der See wurde untermalt von anderen Geräuschen – dem Heulen und Schreien und Brüllen der Sterbenden. Es kam ihr so vor, als sei das Bild lebendig. Die Menschen, die gekommen waren, um zu rauben und zu plündern, krochen wie Maden auf einem Kadaver über den Strand. Sie hatten Wagen und Karren mitgebracht und Esel, die mit Lastkörben beladen waren, um die Beute abzutransportieren. Sie wollte nach ihnen greifen und sie aufhalten, sie dazu bringen aufzuhören. Stattdessen wandte sie sich mit einem Schaudern ab, so als hätte sie Angst, dass sie die winzigen Figuren zwischen ihren Fingern zu einem Brei aus Fleisch und Blut zerquetschen würde.

»Alles in Ordnung?«, fragte Mike und streckte den Arm aus, um sie zu stützen. »Du bist auf einmal käsebleich geworden.«

»Ja.« Finn nickte und räusperte sich. »Es ist … nun ja, sehr lebendig.«

Die Tafel verdunkelte sich. Conn wollte noch einmal auf den Knopf drücken, doch Finn fiel ihm in den Arm. »Bitte nicht«, sagte sie. »Lasst uns einfach weitergehen.«

Conn zog die Augenbrauen hoch und wechselte einen Blick mit seinem Bruder. Finn war manchmal wirklich komisch. Aidan zuckte mit den Schultern.

»Von mir aus«, sagte er. »Wahrscheinlich würde sowieso nur noch einmal dieselbe Geschichte abgespielt werden.«

Die restlichen Ausstellungsstücke lagen in großen Glasvitrinen: Ankündigungen von Versteigerungen jener Güter, die aus Wracks geborgen worden waren, Verlustmeldungen von Schiffen, Alltagsgegenstände, die man aus dem Bauch der gekenterten Schiffe geholt hatte: Töpfe, Pfannen, Teller und Krüge. Manche waren mit Muschelschalen überkrustet, andere so glatt und glänzend wie an dem Tag, an dem sie im Meer versunken waren. Persönliche Besitztümer wie Kämme, Würfel, Fingerhüte und Schmuckstücke lagen zwischen einem Haufen von Gold- und Silbermünzen.
Mike stand einen Moment lang da und las mit gesenktem Kopf die Karte, die die Gegenstände erläuterte.
Einige der Ausstellungsstücke wurden aus Wracks in dieser Gegend geborgen. Das Museum bedankt sich besonders bei Mr. A. Griffiths und seinem Unternehmen Danford Bergung *für die Leihgabe einiger Funde aus der* Anna Marie.
»Das sollte eigentlich Will sein«, murmelte Mike. »Sein Name sollte hier stehen.«
Sie gingen weiter zum nächsten Teil der Ausstellung: *Gwyr y Bwelli Bach – die Männer mit den kleinen Äxten.*
»Schaut mal«, sagte Aidan. »Da liegt eins von diesen kleinen Hackebeilen, mit denen sie den Leuten die Hände abgeschnitten haben.« Er beugte sich vor und sein Mund verzog sich vor Enttäuschung. »Aber das ist kein echtes, nur eine Nachbildung.«
»Wahrscheinlich auch von Griffiths gestiftet«, sagte Mike leise. In seiner Stimme schwang Bitterkeit. »Er hat sich nicht verändert.«
»Er hat so ein Ding bei sich zu Hause«, sagte Conn.
»Ach wirklich?«, schnaubte Aidan. »Woher willst du das denn wissen?« Er schüttelte den Kopf. »Du bist so ein Dummschwätzer!«
»Bin ich nicht! Ich hab’s gesehen!«
»Wann?«
»Als ich bei seinem Haus war.«
»Wann warst du denn dort?«, fragte Finn scheinbar beiläufig.

»Als ich … als ich meinen Ball gesucht habe. Ich habe das Ding da in … in einer Vitrine liegen sehen.« Conns Stimme wurde immer leiser und er wich Finns Blick aus.
»Ach ja? Und wie war es möglich, dass du in die Vitrine schauen konntest?«
»Vom … vom Fenster aus.«
»Vom Fenster aus? Das glaube ich dir nicht.«
»Doch! Ganz ehrlich!«
»Ich glaube dir nicht.«
»Du bist eingebrochen?« Aidans Augen weiteten sich vor Erstaunen.
»Bin ich nicht! Ich … ich …« Conn schaute seine Schwester an. Sie wusste genau, dass er log. »Okay. Also gut. Und wenn schon?«, gab er schließlich zu. Er schob die Unterlippe vor und zog die Augenbrauen zusammen. »Er hätte halt das Fenster nicht auflassen sollen.«
»Das ist Hausfriedensbruch«, sagte Finn streng. »Mum würde einen Anfall kriegen, wenn sie davon wüsste.«
»Na und?« Er schaute Finn mit trotzigen braunen Augen an. »Ich habe mich doch nur umgeschaut. Ich habe ja nichts weggenommen. Im Gegenteil: Er hat mich bestohlen. Er hat mir meinen Ball nicht zurückgegeben!«
»Das ist doch nicht der Punkt. Der Punkt ist …«
»Was spielt das jetzt noch für eine Rolle?«, unterbrach sie Mike. »Er wurde ja nicht erwischt, nicht wahr?« Er wandte sich Conn zu. »Was hast du noch gesehen?«
»Nichts. Nur Seekarten und lauter Zeug auf einem großen Tisch, ein großes Teleskop und ein Ding, das aussah wie ein Radarschirm, einen Kurzwellenempfänger und einen Computer …«
»Du wusstest, dass er da oben war?« Finn schaute Mike entgeistert an.
»Ich wusste nicht, dass er im Haus war.« Er zwinkerte Conn zu und grinste. »Das war ziemlich mutig. Lagen in der Vitrine noch mehr Gegenstände?«

»Oh ja«, nickte Conn. »Eine Art Sammlung, aber das waren ziemlich komische Sachen.«

»Was soll das heißen – komisch?«

»Na ja, das Zeug passte nicht zu dem anderen Kram.« Conn schloss seine Augen und versuchte sich zu erinnern, als würde er eines dieser Gesellschaftsspiele spielen – ›Nenne alle Gegenstände, die auf dem Tisch liegen‹ oder ›Welche Kleidung trägt dein Nachbar zur Linken?‹ »Auf einem der Regale lag diese kleine Axt, genauso eine wie die hier. Daneben lag ein ziemlich alter und zerbeulter Spiegel, bei dem das Glas schon ziemlich blind war. Dann war da noch so ein Messingteil an einem Stück Schnur. Das war ganz schön groß und bestimmt schwer. Geformt wie eine Träne. Ein … wie heißt das doch gleich? Ein Pendel. Die drei Sachen lagen auf einem Regalbrett. Auf den anderen war Krimskrams. Ich habe nicht besonders darauf geachtet, aber es war so ein Zeug wie das dort drüben.« Er zeigte auf die Vitrine direkt hinter ihnen. »Oh, da war noch eine Sache. In einer Ecke lag ein Frauenkopf. Zuerst habe ich gedacht, der wäre echt, aber dann habe ich erkannt, dass er aus Holz geschnitzt war.« Conn grinste schuldbewusst. »Ich bin ganz schön erschrocken.«

»Das war wahrscheinlich die Galionsfigur der *Anna Marie.*« Mike schaute sich im Museum um und betrachtete all die Gegenstände, die eigentlich sein Onkel dem Museum zur Verfügung hätte stellen sollen. »Er hat sie offenbar behalten, als eine Art persönliche Trophäe. Lasst uns gehen«, fügte er hinzu. »Ich habe keine Lust mehr auf die Ausstellung.«

18

Sie traten hinaus auf den Kai. Das Wetter war immer noch schön, aber die Sonne wurde von hohen Wolken verschleiert und die Boote knarrten auf ihrem Liegeplatz und hoben und senkten sich in der anschwellenden Dünung. Mike prophezeite einen Wetterumschwung.

»Es wird Sturm geben.«

»Woher weißt du das?«

»Hast du den Mond letzte Nacht gesehen?«

Finn schüttelte den Kopf. »Nein, habe ich nicht.«

»Es war fast Neumond«, sagte er und beschrieb mit seinem Finger eine schmale Sichel. »Aber man konnte den alten Mond hinter dem Rahmen des neuen noch sehen.« Jetzt formte er mit seinen Händen einen vollständigen Kreis. »Das ist ein Zeichen. Ein Zeichen für einen Sturm.«

Finn schaute ihn zweifelnd an. »Für mich sieht alles friedlich aus.«

Mike zuckte mit den Schultern. »Mag sein. Aber viele Seeleute schwören auf solche Zeichen. Sie halten sie für wesentlich zuverlässiger als die Wettervorhersage.«

»Das ist ja wohl kaum möglich«, meinte Finn. »Schließlich haben die Satelliten und sowas.«

»Ach ja? Und warum haben sie dann nichts von dem Hurrikan letztes Jahr gewusst?«

»Vielleicht hast du Recht«, räumte Finn ein. Was wusste sie schon vom Wetter und den meteorologischen Voraussagen?

Danford Haven war ein großer Industriehafen. Während sie um das Hafenbecken herumliefen, erklärte Mike die verschiedenen

Schiffstypen. Conn und Aidan waren fasziniert. Sie interessierten sich für alles, angefangen bei den historischen Schiffen, die außerhalb des Museums vertäut lagen – große Segelschiffe und rostige Torpedoboote – bis zu den haushohen Autofähren, die in kurzen Abständen am äußeren Hafen an- und ablegten. Noch weiter draußen, hinter den Fähren, lagen Öltanker von der Größe eines Häuserblocks vor Anker.

»Was sind das für welche?«, fragte Conn und zeigte auf ein paar kurze, stämmige Boote.

»Das sind Schlepper. Nicht gerade elegant, aber sehr stark. Schwergewichte, so wie die aussehen. Wahrscheinlich hochseetauglich. Mit solchen Schleppern zieht man Schiffe in den Hafen beziehungsweise wieder heraus und hilft auch bei Seenot.« Mike spähte auf das Firmenzeichen an der Seite der Boote. DB. Danford Bergung. »Die Dinger da gehören eurem Freund Griffiths. Das heißt, seiner Firma. Er sieht vielleicht aus wie ein Penner«, erklärte Mike, dem Conns skeptischer Blick nicht entgangen war, »aber er ist weiß Gott kein armer Schlucker. Das da ist das Boot meines Vaters.« Er deutete auf ein anderes, mindestens ebenso seetaugliches Gefährt, auf dem ›Lotse‹ stand. »Nun ja, nicht sein eigenes.«

»Dürfen wir mal an Bord gehen?«, fragte Conn mit einem flehenden Blick aus weit geöffneten Augen.

»Jetzt nicht.« Mike grinste. »Sie sind bei der Arbeit. Außerdem dachte ich, du wolltest zum Schiffsausrüster. Nun, wir sind fast da.«

»Ja, will ich ja auch, aber …« Conn warf dem stämmigen, kraftvoll wirkenden Boot mit seinen Radaranlagen und Antennen einen sehnsüchtigen Blick zu.

»Mein Vater ist momentan nicht da. Er hat frei bis heute Abend. Vielleicht ein anderes Mal. Einverstanden?«

Conn nickte mit glänzenden Augen. Finn musste lächeln. Sie hatte noch nie in ihrem Leben einen solch hoffnungslosen Fall von Heldenverehrung erlebt.

Finn folgte ihnen in den Laden. Sie selbst hatte sich von diesem Besuch nicht viel versprochen, aber sobald sie über die Schwelle auf den blank gewienerten Holzboden getreten war, fing die Atmosphäre auch sie ein.

Der Laden war ein richtiger Schiffsausstatter, bei dem sowohl ein Wochenendsegler als auch die Besitzer von Hochseejachten alles finden konnten, was sie brauchten. Ausrüstungsgegenstände aus poliertem Messing und Edelstahl glänzten in allen Ecken. Daneben lagen Trommeln, auf denen nagelneue Taue in verschiedenen Stärken, von dünnen Seilen bis armdicken Strängen, aufgerollt waren. Ellenlange Angelruten zum Hochseefischen lagen in Regalen entlang einer Wand. Vor der gegenüberliegenden Wand hingen Segelkleidung und Taucheranzüge, die aussahen wie leere Häute, auf breiten Ständern.

Aber der Laden bot noch andere Dinge, die nicht so aussahen, als ob sie zum Verkauf stünden: Von den Dachbalken hingen eine große glänzende Glocke und schimmernde Messinglaternen herab. In dem riesigen, dick gerippten Gehäuse einer Meeresschnecke lag eine Auswahl an Kinderspielzeug für den Strand und neben der hinteren Theke stand eine Amphore mit dem spitzen Ende in einem Eisengestell. Auf dem verblassten Braun des Terracottarumpfes lag eine Kruste von weißlichen Wurmgehäusen.

Für Conn war der Laden das reinste Paradies. Finn beobachtete ihre Brüder, die mit großen Augen dastanden und alle Eindrücke in sich aufsaugten. Als Erstes sausten sie in die Ecke, in der die Surferausrüstungen lagen. Bewundernd standen sie vor den Surfboards und betrachteten sehnsüchtig die Neopren-Anzüge. Mit Hundeaugen sahen sie zu Finn auf, die nur kurz den Kopf schüttelte. Ihre Mutter hatte ihr zwar Geld mitgegeben, aber dafür reichte es bei weitem nicht. Als Nächstes strolchten sie zu der Theke, auf der diverse Angelgerätschaften ausgestellt waren. Sie stützten sich auf die Glasplatte, die Köpfe dicht beieinander, und wühlten in Stapeln mit silberfarbenen Spulen und Paketen mit Ködern, an denen bunte Federn befestigt waren. In der Zwischenzeit diskutierte Mike mit dem Mann hinter der Theke über die verschiedenen Köder, Hakengrößen und Schnurgewichte.

An all dem war Finn nicht interessiert. So weit es sie anging, waren die verschiedenen Methoden Fische zu ermorden eine reine Männersache. Sie wartete, bis sich ihre Brüder Angelzeug ausgesucht hatten und während sie sich ziellos umschaute, fiel ihr Blick auf ein zerknittertes und eingerissenes Bild an der Wand. Es hing inmitten vergilbter Zeitungsausschnitte: Lokalhelden, die auf riesigen Wellen ritten und damit Rekorde brachen. Sie trat näher heran und lehnte sich über die Theke, um das Bild genauer betrachten zu können. Zunächst hatte sie gedacht, dass es aus einer Zeitschrift ausgeschnitten war, doch jetzt erkannte sie, dass es ein Foto war, irgendwo im Ausland aufgenommen, wo die Sonne so hell schien, dass man glauben konnte, die Aufnahme sei überbelichtet.

Die Zeit hatte das Bild noch zusätzlich verblassen lassen und die Farben verfälscht. Unter einem farblosen Himmel stand ein Mann an Deck eines weiß gestrichenen Bootes, das auf einer hellgrünen See dahintrieb. Er lächelte und blinzelte gegen die Sonne. Um seine Augen gruben sich Fältchen in seine Haut. Er war braun gebrannt und hatte Haare, die von der Sonne fast weiß ausgebleicht waren. Er sah Mike so ähnlich, dass sie auf die Entfernung zunächst gedacht hatte, er wäre es selbst. Doch als sie näher kam, erkannte sie ihren Irrtum. Dieser Mann war ein ganzes Stück älter als Mike. Wie ein Blitz durchfuhr sie die Erkenntnis, dass dies ein Bild seines Onkels sein musste – desjenigen, der verschollen war.

Er sah nicht so aus, wie man sich einen Onkel vorstellte, mehr wie ein Kusin oder ein Bruder. Er stand da, den Kopf leicht zur Seite geneigt und lächelte, als ob er und der Fotograf gerade über etwas gescherzt hätten. Sein Oberkörper war leicht nach vorn gebeugt und er stützte sich mit den Händen locker auf der Reling vor ihm auf.

Es waren seine Hände, die Finns Aufmerksamkeit auf sich zogen, besser gesagt eine Hand. Sie beugte sich so weit sie nur konnte über die Theke, um näher an das Bild zu kommen, magisch angezogen durch das sternförmige Muster auf dem rechten Handrücken des Mannes. Mikes Onkel hatte eine auffällige Tätowierung getragen. Die vier Strahlen verliefen kreuzweise von dem Daumenansatz bis zur Handkante und von dem ersten Knöchel seines Ringfingers bis zum Handgelenk und endeten in großen Spitzen. Dazwischen prangten kleinere Spitzen und jede Spitze war mit großen schnörkeligen Buchstaben versehen, die die Himmelsrichtung anzeigten.
Als sie das Muster das erste Mal gesehen hatte, hatte sie geglaubt, dass es ein Netz oder einen Stern darstellen würde. Sie hatte die Form erkannt, aber nicht ihre Bedeutung. Natürlich! Jetzt war ihr alles klar. Es war so offensichtlich …
»Bist du so weit?« Mikes Stimme hinter ihr ließ sie zusammenzucken. »Wir sind nämlich fertig …«
»Was?«
»Die Jungs sagen, du hättest das Geld.«
»Oh, ja, klar.« Sie kramte in ihrer Tasche herum. »Ich habe mir gerade das Foto angeschaut. Das ist dein Onkel, nicht wahr?«
»Ja.« Mike folgte ihrem Blick. Seine Augen nahmen einen Ausdruck von Bewunderung an, gemischt mit Stolz und Trauer.
»Die Tätowierung auf seiner Hand … sie ist mir aufgefallen.«
»Der Kompass? Gut, nicht wahr? Muss höllisch wehgetan haben, als er sich das hat machen lassen. Ich würde mich auch tätowieren lassen, wenn ich den Mut dazu aufbrächte. Es war sein Markenzeichen. Was ist damit?«
»Nichts. Es ist nur … ungewöhnlich.« Finn versuchte zu lächeln. »Es ist mir einfach nur aufgefallen.«
Mikes Onkel war tot. Mike bewunderte ihn und hielt sein Andenken in Ehren. Sie konnte ihm unmöglich erzählen, wo sie diese Tätowierung schon einmal gesehen hatte.

19

Als sie zurückkamen, bat Maggie Logan ihre Tochter um einen Gefallen.

»Weißt du, wegen heute Abend ...« Plötzlich wirkte sie unbeholfen und schüchtern. »Nun, die Sache ist die ... Die Sache ist ... würdest du heute Abend auf deine Brüder aufpassen?«

Die Frage sollte eigentlich ganz beiläufig klingen, doch der letzte Teil sprudelte nur so heraus, sodass Finn ihre Mutter verblüfft ansah.

»Ja, natürlich. Aber ...«

»Jack hat mich eingeladen. Nichts Besonderes. Nur zum Abendessen in ein kleines Restaurant. Nicht in irgendeinen schicken Laden oder so. Ich möchte nicht, dass du das falsch verstehst ...«

»Was gibt es da falsch zu verstehen?« Finn grinste angesichts der Verwirrung ihrer Mutter. Wer war hier eigentlich der Teenager? »Ich wünsche dir viel Spaß.«

Conn und Aidan waren weniger begeistert.

»Wo ist Mum?«

»Oben. Sie macht sich fertig.«

»Fertig wofür?«

»Sie geht aus«, erwiderte Finn, die gerade das Geschirr abwusch. »Also lasst sie in Ruhe und nervt sie nicht. Wenn ihr etwas wollt, fragt mich.«

»Sie geht aus? Wohin?«

»Jack hat sie zum Essen eingeladen.« Beide rissen erstaunt die Augen auf. »Jetzt guckt nicht so überrascht. Ich werde heute Babysitter für euch spielen.« Einstimmiges Stöhnen. »Mike kommt auch,

allerdings etwas später«, fügte Finn hinzu. »Er sagte, er bringt ein Video mit und holt für jeden von uns eine Pizza.«
Conn und Aidan sahen sich an. Ihre Mienen hatten sich etwas aufgehellt.
»Woher weiß er, was wir auf die Pizza haben wollen?«
»Ich habe aber jetzt Hunger.«
»Ich habe ihm gesagt, was er holen soll«, meinte Finn, während sie sich die Hände abtrocknete. »Keine Sorge, wir werden viel Spaß haben. Jetzt setzt euch hin, schaut fern und ich mache euch eine Kleinigkeit zu essen. Und lasst Mum in Ruhe.«
Die Jungen verließen die Küche und Finn ging zur Arbeitsplatte und holte etwas Brot aus dem Kasten, um ihnen einen Imbiss zuzubereiten. Wenn sie damit fertig war, würde sie sich selbst ein bisschen zurechtmachen. Sie schnitt und bestrich die Brote, dachte an nichts Bestimmtes, sondern konzentrierte sich auf das, was sie gerade tat. Plötzlich, ohne einen Grund dafür nennen zu können, hielt sie inne und warf einen Blick über die Schulter. Die Jungen waren weg. Es war niemand da, weder draußen vor dem Fenster noch drinnen in der Küche, aber sie hatte trotzdem das Gefühl, dass sie beobachtet wurde.

Griffiths sah sie so deutlich, als stünde er vor dem Küchenfenster. Und doch war er nicht in der Nähe des Hauses. Er befand sich nicht einmal im Freien, sondern in seinen eigenen vier Wänden. Er stand in dem großen Zimmer, das mit der Fensterfront nach Süden blickte und starrte in die Glasvitrine. Vor ihm lehnte in einer schmiedeeisernen Halterung ein sechseckiger Spiegel. Seine Oberfläche war dunkel und so trüb wie Zinn. Er war nicht aus Glas gefertigt, sondern aus irgendeinem polierten Stein oder Mineral.
Griffiths schaute in den Spiegel. Zunächst erwiderte nur sein Spiegelbild den Blick, und es wirkte auf den Schatten und Vertiefungen der Oberfläche wie ein rauchiges Hologramm. Geduldig und ohne

zu blinzeln starrte er hinein. Dies war kein gewöhnlicher Spiegel. Unter dem dunklen Blick des Mannes begann sich das Abbild zu verändern und zu verzerren. Zunächst zeigte der Spiegel das Mädchen. Ihre roten Haare fielen über ihren Rücken, ihre Augen waren gesenkt und hatten einen konzentrierten Ausdruck. Dann der Junge, dessen helle Haare nun dunkel glänzten. Er hatte gerade geduscht und betrachtete sein eigenes Gesicht, offensichtlich schaute er gerade in den Spiegel. Griffiths lächelte bei dem Gedanken an diese Parallele. Während er weiter schaute, begann der Spiegel zu erzittern und wurde dunkel. Das Gesicht des Jungen veränderte sich, die Knochen schienen sich zu verschieben, die Augenbrauen wurden dichter und die Wangenknochen hoben sich leicht an. Die weiche Haut war plötzlich mit goldenen Bartstoppeln übersät und an den Seiten des Mundes und um die hellblauen Augen erschienen kleine Fältchen. Griffiths runzelte die Stirn und warf ein Samttuch über das Gesicht, gerade in dem Moment, in dem die Augen, die ihn aus dem Spiegel anstarrten, sich verengten und der Mund sich zu einem schmalen Lächeln verzog.
Er nahm das Stück blauen Seils, das zusammengerollt auf dem Regal gelegen hatte, in die Hand und hielt es ein paar Sekunden lang fest. Der letzte Knoten war wieder hergestellt worden, und Mikes Kunstfertigkeit im Knüpfen diente nun als Kern für eine weitaus kompliziertere Technik. Griffiths hatte sich viel Mühe gegeben, hatte das Seil gewunden und untergeschlagen, gedreht und gezwirbelt, bis der Knoten aussah wie eine kleine Faust, daher der Name des Knotens: Affenfaust.
Er drehte sich zum Fenster. Seine Finger hatten den Knoten gepackt, als hielte er einen Baseball. Er sah hinaus und richtete seine Augen auf die Stelle, an der aus den Tiefen des Ozeans zwei schwarze Reißzähne gen Himmel ragten, gerade so, als würden die zwei Hauer von den Kieferknochen eines riesenhaften Ungeheuers zusammengehalten. Während er so nach draußen starrte, begannen

sich seine Lippen zu bewegen. Zunächst sprach er leise, dann immer lauter. Seine Stimme hatte einen eigentümlichen Rhythmus, und die Worte, die er auswendig kannte, klangen wie eine fremdartige Musik. Es war eine Sprache, die man nur noch selten hörte und die niemals niedergeschrieben worden war, sondern die seit Jahrhunderten vom Vater zum Sohn oder vom Großvater zum Enkel weitergegeben wurde. In diesem Teil des Landes waren die Sturmbeschwörer und Zauberer ausschließlich Männer.

Während er sprach, begann sich die See zu kräuseln. Das hohe Gras auf den Klippen teilte sich und die Blätter an den Bäumen bewegten sich leicht und wirbelten um die eigene Achse, als ob der Atem eines Unsichtbaren zwischen sie gefahren sei. Griffiths lächelte zufrieden und umklammerte den letzten Knoten noch fester.

Er wandte sich wieder seiner Vitrine zu und nahm eine kleine Axt heraus. Die dunkelgraue Stahlschneide war eingefettet und glänzte fleckenlos. Eine Seite hatte die Form eines grausig anzusehenden spitzen Hakens, die andere war rasiermesserscharf geschliffen. Der hölzerne Griff fühlte sich warm an und lag angenehm in der Hand. Das Holz hatte sich im Laufe einer langen Zeit der Hand seines Trägers angepasst. Die Oberfläche war durch Schweiß weich und geschmeidig und durch Salzwasser und Blut dunkel und fleckig geworden. Die Axt, das Werkzeug seiner Vorfahren, war Jahrhunderte lang von Strandräubern benutzt worden, von den *Gwyr y Bwelli Bach*, den Männern mit den kleinen Äxten. Vorsichtig prüfte er die Klinge. Sie war so scharf, dass sie Fleisch und Knochen so leicht wie Butter zerteilen konnte. Griffiths ließ das Beil auf und nieder schwingen. Es lag gut in der Hand, zum Einsatz bereit. Heute Nacht war es so weit.

20

Der Wind wirbelte Finns Haare nach oben. Sie strich sie zurück und klemmte sie hinter den Ohren fest, damit sie ihr nicht ins Gesicht peitschten. Sie und Mike gingen spazieren und hatten die beiden Brüder sich selbst überlassen, die vor dem Videorekorder saßen, sich einen Film anschauten und Pizza futterten. Doch der Abend war nicht so warm, wie sie erwartet hatten. Die Tage wurden bereits wieder kürzer und in der Luft lag schon ein Hauch des kommenden Herbstes. Die Sonne ging unter und legte einen kupferfarbenen Schleier über das Meer. Ein merkwürdiges gelbes Licht drang unter dem Rand einer eisengrauen Wolke hervor.

Es herrschte Ebbe. Das Wasser im Hafen war dunkel und so stumpf wie Aluminium. Die Boote, die dort vor Anker lagen, stießen mit einem dumpfen Bollern aneinander und tanzten mit abgehackten Bewegung auf und ab. Finn wurde schon beim Hinschauen schlecht.

»Es wird Sturm geben«, sagte Mike. Er runzelte die Stirn und sah aufs Meer hinaus. »Ich hab's dir ja gesagt.«

Finn grinste.

Mike schüttelte den Kopf. »Es geht nicht nur um die Zeichen. Ich war beim Hafenmeister, bevor ich hierher kam, und habe mir die Wetteraussichten für die Schifffahrt angehört. Es herrscht Sturmwarnung für Finisterre, Sole, Fastnet und Lundy«, zählte er auf. »Ein Südwestwind, Stärke sechs oder sieben, der sich später zu einem Sturm der Stärke neun oder zehn steigert. Es geht schon los. Der Wind wird stärker und dort hinten am Horizont ziehen sich Wolken zusammen. Schau.«

Er hatte Recht. Noch während sie dastanden, spürte Finn, wie der Wind zunahm. Man konnte ihn in den Bäumen hören, wo er die Blätter zum Rauschen brachte, und im Sirren der Telefonleitungen oben an den Masten. Er wirbelte den Sand zu ihren Füßen auf und wehte Papierfetzen und Plastiktüten durch die Gegend. Finn drehte sich um. Draußen am Horizont türmten sich kohlschwarze Wolkenberge auf und jagten wie im Zeitraffertempo auf die Küste zu.
»Vielleicht sollten wir umkehren.«
»Ja«, stimmte Mike ihr zu. »Ansonsten ist keine Pizza mehr übrig.«

Die Jungen schauten sich einen Actionfilm an, den Mike für sie ausgesucht hatte. Der aufkommende Sturm interessierte sie nicht im Mindesten. Mike war unruhig. Er machte sich Sorgen wegen des Dachs, das erst halb gedeckt war. Er konnte die Plastikplane laut knatternd im Wind hin und her flattern hören. Sie war zwar gut befestigt, aber der Wind schien immer heftiger zu werden. Jede Bö war stärker als die vorherige. Die Windstöße zerrten an der Plane wie gierige Finger, schlichen sich unter sie, versuchten Halt zu finden und den Kunststoff zu zerreißen.
Plötzlich war der Fernseher tot. Conn und Aidan stießen ein lautes Protestgeheul aus, als das Bild sich zu einem kleinen Punkt zusammenzog, der in Sekundenschnelle von der Mattscheibe verschwunden war. Sie sprangen auf die Füße und verfluchten den »blöden Kasten«, während Mike aufstand und zum Lichtschalter ging. Er knipste ihn an.
Nichts.
»Stromausfall«, murmelte er und wandte sich Finn zu. »Habt ihr eine Taschenlampe? Oder Kerzen? Oder eine Sturmlampe?«
Sie zuckte hilflos die Schultern. »Ich weiß nicht. Könnte sein, aber ich habe keine Ahnung, wo ich danach suchen soll.«
»Ich habe eine Taschenlampe.« Aidan war schon auf dem Weg zur Tür.

»Braver Junge.«
Niedergeschlagen kehrte Aidan zurück. »Die Batterie ist leer. Wir haben sie in der Höhle zu lange angelassen.«
»Kein Problem. Ich habe eine draußen in meinem Auto.«
Er musste schreien, um den Lärm des Sturms, der rapide zugenommen hatte, zu übertönen. Das Heulen des Windes steigerte sich zu einem wahnsinnigen, fast menschlichen Kreischen, das einem das Blut in den Adern gefrieren ließ. Der Regen prasselte wie Gewehrsalven gegen die Fenster. Es hörte sich an, als ob das Haus belagert würde. Drinnen im Wohnzimmer herrschte Schweigen. Alle starrten wie gebannt nach draußen in die Dunkelheit. Das regennasse Fenster schien sich in seinem Rahmen zu bewegen und sich ihnen entgegenzuwölben. Eine Sekunde lang sah es so aus, als würde es zerbrechen. Conn und Aidan traten ein paar Schritte zurück und suchten neben Finn Schutz. Sie legte ihre Arme um sie und zog sie tröstend an sich. Dann, plötzlich, ließ das ohrenbetäubende Heulen nach, als wäre der Wind weitergezogen.
»Ich habe eine bessere Idee«, sagte Mike. »Wir sollten hier verschwinden. Und zwar am besten jetzt, wo der Sturm sich eine Ruhepause gönnt.«
»Wohin willst du denn?«
»Runter in die Kneipe.«
»Was ist mit Mum?«
»Wir hinterlassen ihr einen Zettel. Kommt schon. Gehen wir.«

Nerys hatte Kerzen aufgestellt, Öllampen angezündet und den Kamin eingeheizt. Sie schickte die beiden Jungen nach oben zu ihren eigenen Söhnen.
»Es ist ziemlich schlimm«, sagte sie, als sie wieder nach unten kam. »Gut, dass ihr hergekommen seid. Das Rettungsboot musste rausfahren, die Männer sind gerade gegangen. Bei St. Mary's ist ein Tanker in Seenot geraten.«

»Mein Dad hat heute Abend Dienst!« Mike schaute sie angsterfüllt an.

»Mach dir keine Sorgen.« Nerys tätschelte ihm die Hand. »Wenn jemand den Tanker in den Hafen bringen kann, dann ist es dein Vater. Du kannst sowieso nichts tun. Also reg dich nicht auf, bleib ganz ruhig.«

Sie bot ihm etwas zu trinken an, aber Mike lehnte ab. Nerys zuckte mit den Schultern und drehte sich um. Sie hielt seine Aufregung für völlig überflüssig. Ihre Familie lebte seit Jahrhunderten an dieser Küste. So wie ihre Vorfahren ergab sie sich in ihr Schicksal und in den Willen des Meers. Was passierte, passierte.

Mike saß grübelnd in einer Ecke, starrte hinaus in die regenverhangene Nacht und rieb mit der linken Hand seinen rechten Handrücken. Plötzlich stand er auf und zog seine Gummistiefel an.

»Wo gehst du hin?«, fragte Finn verwirrt.

Er schaute sie an. Seine blauen Augen waren ausdruckslos und trübe. Dann blickte er sich im Schankraum um und betrachtete kurz die Gäste, die an ihren Tischen saßen, lachten, scherzten, aßen und tranken.

»Ich habe keine Ahnung, aber ich kann einfach nicht hier drin bleiben.«

21

Sie klammerten sich aneinander und kämpften sich über den Parkplatz. Der Wind trieb den Regen waagerecht gegen ihre Körper.
»Ich muss zur Landspitze«, sagte Mike, als sie schließlich im Auto saßen. »Ich muss einfach da sein. Ich will sehen, ob …«
Wie auch immer die Dinge standen, er musste wissen, was da draußen in der Bucht geschah. Er wollte gar nicht daran denken, was passieren konnte, wenn ein Tanker auf die Vipern auflief.
Mike schüttelte seinen Kopf und suchte nach Worten, um die Katastrophe zu beschreiben, die dann eintreten würde. Ein Tanker, so groß wie ein Fußballfeld, größer vielleicht – ein Gefährt, das kaum auf die Hauptstraße einer durchschnittlichen Stadt passen würde –, fuhr heran, beladen mit Abertausenden Tonnen Rohöl. Je nach seiner Position war es möglich, dass die Strömung ihn auf die Vipern zutrieb. Im Geiste hörte er bereits das Knirschen, Reißen und Quietschen des Metalls und sah den tödlichen Felsen, der sich knapp unter der Wasseroberfläche in den Schiffsrumpf bohrte. Er roch den betäubenden Gestank von Öl, das ins Meer abfloss und alles vergiftete – Vögel, Fische, Delphine, Wale – und die Küste kilometerweit und auf Jahre hinaus in ein Ödland verwandelte.
Aber das war nicht das Einzige. Sein Vater! Er war Lotse. Er war da draußen. Auf diesem Schiff. Wenn es auf das Riff auflief, würde man ihn dafür verantwortlich machen. Er konnte seinen Job verlieren, seine Lizenz. Sein Ruf wäre keinen Pfifferling mehr wert.
Sein Handrücken juckte und pochte, als Mike den Motor anließ. Sein Vater war ein stolzer Mann, der seinen Beruf sehr ernst nahm. Für ihn stand alles auf dem Spiel.

»Es gibt einen Weg zur Landspitze. Er führt an Griffiths‘ Haus vorbei …«

Regenwasser ergoss sich über den Schotterweg und überzog die Kiesel mit einem schlüpfrigen Film. Trotz seiner Ungeduld war Mike gezwungen langsam zu fahren. Er blieb im zweiten Gang und schaute konzentriert durch die Windschutzscheibe nach draußen.
»Schau mal. Schau dir das an«, rief Finn überrascht, als sie um die lange Kurve bogen, die zu Griffiths‘ Haus führte. »Da brennt ja Licht.«
Alles andere lag im Dunkeln, doch aus dem Bungalow ergoss sich ein flimmerndes Leuchten.
»Vielleicht hat er einen Generator.«
»Das ist nicht diese Art von Licht. Sieh doch selbst.«
Das Licht war merkwürdig und unheimlich. Es schien von einem Zimmer zum nächsten zu wandern und sich mit nebligen Fingern aus den Fenstern zu stehlen. Dabei wechselte es die Farbe von Blau zu Grün.
Mike stellte den Motor aus und rollte lautlos an der Allee aus schlanken, hohen Fichten vorbei und bog in Griffiths‘ Einfahrt ein.
»Was hast du vor?«
»Ich will herausfinden, was er im Schilde führt.«
Mike hielt an und beugte sich zum Handschuhfach vor, um die Taschenlampe zu holen. Als er seine Hand an ihr vorbeistreckte, packte ihn Finn am Handgelenk.
»Was ist denn das?«, flüsterte sie.
»Nichts.« Mike schaute verwirrt auf die Linien, die er auf seinem Handrücken sah. »Nur Kratzer.«
»Bist du sicher? Zeig mal her.«
Er legte die flache Hand auf das Lenkrad und spreizte die Finger. Das waren keine zufälligen Kratzer – die Linien auf seiner Hand nahmen eine ganz bestimmte Form an. Deutlich waren die vier

Eckpunkte einer Windrose zu erkennen und die vier Strahlen, die sich in dünnen, klaren Linien lila und rot über die Haut zogen. Sie schienen in der Dunkelheit zu glühen und das Licht, das aus Griffiths' Bungalow schien, zu reflektieren.
»Ich weiß nicht …« Mike bog die Hand nach hinten. »Aber darüber kann ich mir später noch Gedanken machen. Jetzt komm. Gehen wir.«
Er nahm die Taschenlampe und öffnete behutsam die Fahrertür. Vom Haus aus schien das Licht nun in unregelmäßigen Abständen schwächer zu werden, als ob seine Quelle vor einem Kurzschluss stünde.
Im Hof fing der Strahl der Taschenlampe zwei kleine, flammend rote Augenpaare ein. Griffiths' Hunde. Mike und Finn schreckten zurück, für den Fall, dass sich die Tiere auf sie stürzen würden, aber die machten keinerlei Anstalten. Sie winselten nur leise und zogen sich tiefer in ihre Hundehütten zurück.
Mike und Finn näherten sich vorsichtig der weit geöffneten Hintertür. Mike schlich sich als Erster hinein und schaute sich gründlich um, wobei er den Strahl der Taschenlampe kreisen ließ. Er stand in der Küche, die ein einziges Schlachtfeld war. Der Tisch lag umgekippt auf dem Boden, Geschirr und Bestecke waren im ganzen Zimmer verstreut. Brot lag wie ein aufgefächertes Kartenspiel auf der Arbeitsplatte und überall stand Milch in kleinen Pfützen. Mike ging langsam vorwärts, wobei Porzellan unter seinen Schuhen knirschte, und ließ seine Taschenlampe über die Küchenschränke gleiten, die mit etwas beschmiert waren, das wie Schlamm oder Sand aussah. Alles war klatschnass – der Tisch, der Boden, und sogar von den Wänden tropfte das Wasser. Im Lampenlicht glänzte die Nässe dunkel. Mike tauchte seinen Finger hinein und schmeckte Salz.
Es sah so aus, als ob sich eine große Flutwelle hindurchgewälzt hätte. Die Spur der Zerstörung führte sie in den Flur. Die Wände

waren schulterhoch mit Dreck beschmiert, zum Teil sogar höher. Die Möbel lagen umgeworfen am Boden und waren mit langen Strängen von Tang und Seegewächsen behangen, die man sonst nur in den Tiefen des Ozeans fand. Überall waren Sandklumpen verstreut und in der Schlammschicht am Boden konnte man Fußspuren erkennen – viele Spuren, einige von nackten Füßen, andere von schweren Stiefeln, die den Teppich zu einem nassen Brei zerstampft hatten.

Der Gestank war unbeschreiblich. Mike und Finn mussten Nase und Mund bedecken, um sich nicht zu übergeben. Es roch nach Tang, der sich am Strand aufhäufte, Tang, in den sich faulendes Fleisch verfangen hatte, aufgequollene Fischleiber, die Kadaver von Seevögeln und von Schafen und Rindern, die an Land gespült worden waren und nun unter der heißen Sonne verrotteten. Von den Wänden tropfte zähflüssiger Schleim. Es sah aus, als wäre eine Armee von fauligen Wasserleichen hier durchmarschiert.

Finn und Mike folgten den Fußabdrücken in das große Wohnzimmer.

Unterlagen und Seekarten waren von dem mächtigen Mahagonischreibtisch gefegt worden und lagen nun als zerrissene und durchnässte Fetzen und Schnipsel überall herum. Der einzige Gegenstand auf dem Tisch war ein zusammengerolltes Stück Seil, das Mike als das blaue Nylontau erkannte, das er Aidan geschenkt hatte. Die Knoten, die er geknüpft hatte, waren allerdings gelöst worden. Es befand sich nur noch ein Knoten im Seil, und den herzustellen lag jenseits seines Könnens. Der letzte Knoten, groß und wunderbar gearbeitet, war fein säuberlich in zwei Teile geteilt, zerschnitten von der Klinge der kleinen Axt, die sich tief in das Holz des Tischs gegraben hatte.

Mike wandte sich ab und betrachtete den verwüsteten Raum. Das Teleskop lag mit zerschmetterter Linse in der Glasvitrine. Offenbar war es dazu benutzt worden das Möbelstück zu zerschlagen. In einer Ecke häufte sich Schrott auf, der aus einst hoch technisierten Gerätschaften bestand: ein Monitor, Radar, ein Kurzwellenempfänger und ein Funkgerät. An diesen Apparaten hatte jemand seine ganze Wut und seinen unbändigen Hass ausgetobt. Sie waren vollständig zertrümmert und nur noch ein einziger Klumpen aus verbogenem Metall und zerbrochenem Kunststoff. Es gab keinen Hinweis auf einen Diebstahl. Nichts schien gestohlen worden zu sein. Stattdessen war alles, was nicht niet- und nagelfest war, zerstört worden – außer der Galionsfigur, von der Conn erzählt hatte. Der Frauenkopf war nirgends zu sehen.

Wozu hatten all diese Dinge gedient? Offenbar um den Kurs von Schiffen zu verfolgen. Aber warum? Griffiths war Bergungsunternehmer. Mikes forschende Augen sahen mehr als die modernen Gerätschaften. Ein tropfnasses Pendel. Eine geknotete Schnur. Ein Kristallspiegel. Das Handwerkszeug eines Sturmbeschwörers.

Was auch immer Griffiths im Schilde führte, er war jedenfalls nirgends zu sehen. Das Fenster war eingeschlagen, der Aluminiumrahmen verbogen und verbeult. Die Fetzen des Vorhangs flatterten in die Nacht hinaus. Draußen war alles tiefschwarz und man hörte nur das Brüllen des Meers. Als Mike mit der Taschenlampe aus dem Fenster leuchtete, fiel der Strahl auf Tausende von Glasscherben, die auf dem Rasen lagen. Wer oder was Griffiths verfolgt hatte, hatte diesen Weg genommen.

»Was ist hier passiert?«, fragte Finn atemlos und mit vor Schreck geweiteten Augen.

»Keine Ahnung.«

Mike zog die Axt aus dem Schreibtisch und schlug damit die restlichen Glasscherben aus dem Fensterrahmen. Die Linien auf seiner Hand wurden immer stärker und deutlicher. Sie stachen und pochten, als würden sie mit Säure in die Haut geätzt.

Er kletterte in die Dunkelheit hinaus. »Ich weiß es nicht«, wiederholte er. »Aber ich werde es herausfinden.«

22

Das Gras vor dem Haus war flachgedrückt und eine breite, von vielen Füßen getrampelte Schneise führte direkt zum Rand der Klippe, an der die Gischt weiß schäumend emporschoss.
Der Sturm wütete jetzt mit doppelter Heftigkeit. Mike legte seinen Arm um Finn. Beide kauerten sich zusammen und lehnten sich dem Wind entgegen, der stark genug schien, um sie wie Pappfiguren in die tiefe Nacht zu wirbeln. Sie kämpften sich so weit zur Felskante vor, wie sie es wagten. Hier schien die Welt zu Ende zu sein.
Die Bucht unter ihnen war ein einziger Strudel aus weiß brodelndem Wasser. Riesige Wellen, so groß wie Häuser, stampften und gierten und erhoben sich zu senkrechten Steilhängen, die sich zu weit überhängenden Wellenkämmen krümmten. Große Gischtfahnen stoben hoch und zerteilten sich zu weißen Brocken, die vom Wind in alle Richtungen geweht wurden. Einige flogen an Land, leichter als die Luft, die sie trug.
»Da, schau!«, schrie Mike über das schrille Kreischen des Windes. »Dort drüben!«
Er deutete an der Reihe von Klippen vorbei, die an die Yellowstone-Bucht grenzten, zu der Landspitze, die weit ins Meer hineinragte. *Pentir y Dewin* – die Landspitze der Magier. Ein winziger Lichtpunkt war dort zu sehen. Er leuchtete flackernd, mal mehr mal weniger, wie der unruhige Lichtstrahl einer Laterne, die jemand in der Hand trug.
»Da drüben ist jemand!«, schrie Finn. Aber als sie noch einmal hinsah, verglomm das gelbe Glühen und war schließlich verschwunden.

»Weiter draußen! Weiter draußen!« Mike musste ihr ins Ohr brüllen, um sich verständlich zu machen.
Weit draußen, hinter dem weiß schäumenden Wasser lag ein großer dunkler Fleck. Wellen warfen sich ihm entgegen und erkletterten seine Flanken. Überall funkelten Lichtpunkte. Es war, als wäre plötzlich aus dem Nichts eine Insel aufgetaucht. Aber das war keine Insel. Es war ein Schiff. Und es war riesig.

Griffiths starrte hinaus in die Dunkelheit auf die massige Gestalt des Tankers. Er hatte seine Füße fest in die Einbuchtungen gesetzt, die sich in den Jahrhunderten in die Oberfläche des uralten Fluchsteins gegraben hatten. Die Laterne in seiner Hand hatte nur rituelle Bedeutung. Dieses Schiff ließ sich nicht durch falsche Signale auf die Klippen locken. Seine Lippen bewegten sich leicht, während er die mächtigen Worte sprach, Worte, die stark genug waren, um einen Sturm heraufzubeschwören. Rings um ihn herum brodelte die See. Die Yellowstone-Bucht zu seiner Rechten war eine einzige kochende Masse. Schaum flog durch die Luft und verfing sich in seinem Haar, besprenkelte sein Gesicht. Wellen donnerten gegen die Felsen, so hoch, dass sie fast seine Füße berührten. Die Gischt durchnässte ihn bis auf die Haut. Griffiths ignorierte das Chaos vor ihm. Seine ganze Konzentration galt dem Schiff, das er zu sich rief und wie an einer unsichtbaren Leine auf die heimtückischen Zähne der Vipern zog. Für ihn wie für unzählige Generationen seiner Familie waren die Vipern eine lebendige Kreatur, *Afanc*, das Seeungeheuer – und es war hungrig.
Er würde es füttern, wie es seine Vorfahren immer getan hatten, und er würde dafür belohnt werden, genauso wie sie immer ihren Lohn erhalten hatten. Nachdem sich das Monster an der Beute gütlich getan hatte, würde er sich nehmen, was übrig blieb. In den vergangenen Jahrhunderten wäre seine Beute an Land gespült worden. Heute nahm er sich seinen Anteil, indem er das Wrack barg.

Im Hafen warteten bereits die Schlepper auf sein Einsatzkommando. Heute Nacht würde er ein Vermögen verdienen. Aber Geld war nicht der einzige Grund, der ihn veranlasst hatte, diese Kette von Ereignissen in Gang zu setzen. Seine Motivation war zu einem guten Teil persönlicher Natur. Und diese Motivation trug den Namen Treherne.

Weit draußen, jenseits der geschwungenen Bucht, stand Mikes Vater auf der Brücke des riesenhaften Tankers. Die Instrumente spielten komplett verrückt. Der Kreiselkompass wirbelte nutzlos um die eigene Achse und die elektronischen Anzeigen waren ein einziges Chaos aus Zahlen, die keinen Sinn ergaben. Radar und Sonar waren komplett ausgefallen. Es schien, als hätte eine ungeheure Macht alles außer Kraft gesetzt und zog den 147.000 Tonnen schweren Metallberg mit einer gigantischen Faust in Richtung Küste. Alles, was dem Schiff und seiner Mannschaft blieb, war das Können des Lotsen. Er allein war in der Lage das Schiff zu leiten und es von den Reißzähnen der Vipern fernzuhalten. Die Felsen würden den Tanker in Stücke schneiden, Wind und Strömung den riesigen stählernen Rumpf zerbrechen wie eine Eierschale.
Seine erste Sorge galt der Sicherheit der Menschen an Bord. Und danach …
Er durfte gar nicht an die Folgen der Katastrophe denken. Zehntausende Tonnen Rohöl, die sich in die stürmische See ergossen und sich zu einem riesigen, schmierigen Teppich ausbreiteten, der unaufhaltsam weiterzog und das Leben im Meer vergiftete und die Küste kilometerweit verschmutzte.
Angesichts dieser Vorstellung verschwendete er keinen Gedanken an seine eigene Sicherheit, seinen Job oder seine Reputation. Seine Pflicht galt dem Kapitän, der Mannschaft und dem Schiff. Er überlegte bereits fieberhaft, welche Rettungsmaßnahmen einzuleiten waren und welche Möglichkeiten zur Schadensbegrenzung es gab.

Für alles andere war es zu spät. Zu spät, um das Unglück noch zu verhindern.
Er stand in stiller Konzentration da und wartete auf das erste vibrierende Erzittern, auf das Zischen von Wasser, das unter Hochdruck eindrang, das ohrenbetäubenden Kreischen von Stein auf Metall, und auf den unverwechselbaren Gestank von Öl …

Griffiths lächelte zufrieden. Der Aufprall stand kurz bevor. Er verdoppelte seine geistige Anstrengung. Alle Kraft, die in ihm steckte, floss in diese letzte Beschwörung. Er war so sehr in sein Vorhaben vertieft, dass er jene andere Gestalt nicht bemerkte. Etwas näherte sich. Kam nah genug, um seine Schulter zu berühren. Etwas. Oder jemand.
Griffiths fuhr herum und erstarrte. Seine Lippen gefroren und die Worte erstarben zu einem unhörbaren Faseln. Eine Hand hielt seine Schulter gepackt, eine Hand, deren Haut weißlich grau schimmerte und auf der die roten und blauen Linien der Tätowierung deutlich hervortraten. Die vier großen Strahlen einer Windrose, an deren Spitzen geschwungene Großbuchstaben standen, spannten sich straff über harte und kantige Knochen und Sehnen. Griffiths versuchte sich wegzudrehen, wollte nicht sehen, wem jene Hand gehörte, aber die starken Finger hielten ihn wie stählerne Klauen, bissen in sein Fleisch und zwangen ihn hinzuschauen. Seine Gesichtszüge verzerrten sich in panischem Wiedererkennen. Diese Kreatur hatte sich in seine Träume geschlichen, war Nacht für Nacht zum Salzhaus zurückgekehrt und hatte den Schlaf unmöglich gemacht, bis Griffiths schließlich gezwungen war ein neues Haus zu bauen. Dort hatte die Gestalt ihn nicht heimgesucht und Griffiths hatte geglaubt vor ihr sicher zu sein. Bis heute Nacht.
»Hallo Griff. Erkennst du mich?«
Haut und Fleisch waren aus dem Gesicht verschwunden. Die Zähne glänzten wie Perlen in blanken Knochen, so weiß wie Mu-

scheln. Griffiths setzte zum Reden an, doch seine Stimme versagte ihm den Dienst. Die Hand drückte zu, durchbohrte Fleisch und zerbrach Knochen. Tief in den leeren Augenhöhlen glänzte es dunkelrot.

Griffiths' Lippen öffneten sich zu einem Schrei, der nie seine Kehle verließ. Er war eingekreist. Um ihn herum hatte sich eine grässliche und unheimliche Mannschaft aus Seeleuten, Fischern und Matrosen versammelt, die Leichen all derer, die auf hoher See gestorben oder in der Bucht ertrunken waren. All jene, deren Leben von Griffiths und seiner Sippe von Strandräubern ausgelöscht worden waren. Sie kamen, um ihn zu holen. Als er den Sturm heraufbeschworen hatte, hatte er auch sie gerufen. Sie waren seinem Ruf gefolgt und hatten sich auf die Suche nach ihm gemacht. Die geisterhafte Armee hatte das Salzhaus passiert und war wie ein Orkan durch seinen Bungalow gefegt, hatte sich nach draußen gewälzt und war am Rande der Klippe entlanggestürmt. Auf der Landspitze der Magier hatten sie ihn schließlich gefunden. Er stand da auf dem Stein des Fluchs, genauso wie seine Vorfahren, und dort würden sie ihn sich holen.

Die gespenstischen Gestalten traten aus der Dunkelheit hervor. Die Konturen ihrer Formen schimmerten wie Phosphor. Die Kleidung, die sie trugen, war zerfallen und verfault und ließ die ausgeblichten Knochen und das aufgedunsene Fleisch der Toten durchschimmern. Ihre knochigen Finger umklammerten große Eisenhaken und rasiermesserscharfe Beile. Die Laterne entglitt seiner zitternden Hand und Griffiths warf die Arme hoch in dem verzweifelten, aber erfolglosen Versuch, sich zu wehren. Er sank in die Knie, dann zu Boden, niedergestreckt durch die Hiebe derjenigen, die vor der tückischen Küste ums Leben gekommen waren.

Eine riesige Welle stieg aus der See und überschwemmte die Landzunge. Sie zerschellte in einer Fontäne aus Gischt über dem weit in die See hinausragenden Stück Land, und als Mike und Finn wieder hinschauten, war der Lichtfleck gänzlich verschwunden.

»Schau!« Mike packte Finn an der Schulter und lenkte ihre Aufmerksamkeit weg von dem Tanker, der am Rand der Vipern in der wütenden See trieb. »Schau dir das an«, flüsterte er. Seine Stimme zitterte ehrfurchtsvoll.

Draußen in der Bucht schienen sich die willkürlich wütenden, weiß gekrönten Wellen zusammenzuschließen, aneinander zu schmiegen und die Form und Gestalt eines geisterhaften Schiffes anzunehmen. Es schoss herbei, neigte sich leicht zur Seite, als würde es die Wogen, aus denen es erschaffen worden war, respektvoll grüßen. Der Rumpf war genauso mitternachtsschwarz wie die steilen Wasserwände, die Segel und die Takelage so weiß und zierlich wie die sprühende Gischt. Es kam von der offenen See und nahm Kurs auf den Mahlstrom der Yellowstone-Bucht.

Der Sturm schien zu ersterben, während sich das Geisterschiff der Küste näherte. Die Wolkendecke riss auf. Das silberne Licht der knochenweißen Mondsichel verlieh der Szenerie eine schaurig-schöne Erhabenheit. Das Meer türmte sich immer noch zu Wellenbergen auf, aber das große Segelschiff durchschnitt die Wogen ohne Schwierigkeiten und hielt unter den überhängenden Klippen an, als hätte es in einem sicheren Hafen den Anker ausgeworfen. Vom Land aus sprangen unzählige dunkle Figuren auf den Segler hinab und kletterten die Takelage hinunter an Deck. Schließlich wendete das gespenstische Schiff und nahm wieder Fahrt auf. Es wandte Finn und Mike nun seinen Bug zu und beide sahen klar und deutlich die Galionsfigur: das auf Holz gemalte Gesicht und die Büste einer Frau, die sich unter dem Bugspriet nach vorne reckte. An der Seite des Rumpfes stand der Name *Anna Marie.* Sie kreuzte kurz gegen den Wind und segelte aus der Bucht aufs offene Meer hinaus, genauso schnell wie sie gekommen war.

Finn und Mike beobachteten von der Küste aus, wie die Wolken sich wieder vor den Mond schoben und draußen auf dem Ozean, jenseits der Yellowstone-Bucht, das geheimnisvolle Schiff zu verschwinden begann. Es löste sich auf und wurde wieder eins mit dem endlosen und unberechenbaren Wogen des Meeres.

23

»Was war denn das?«
Finn drehte sich zu Mike um. Ihr Gesicht war weiß und starr vor Kälte. Sie war bis auf die Haut durchnässt. Der Wind hatte lange Strähnen ihres Haars aus der Kapuze gezogen, die nun wie nasse Rattenschwänze um ihren Kopf peitschten. Sie zitterte. Mike legte den Arm um sie und zog sie zu sich heran. Die Wärme seines Körpers war beruhigend und tröstlich.
»Ich weiß es nicht.« Er schüttelte den Kopf. »Ich weiß es wirklich nicht.«
Finn blickte über seine Schulter hinweg zum Haus. Von hier aus wirkte es, als wäre das Fenster von einer riesigen Faust ausgeschlagen worden.
»Was ist mit Griffiths?«
»Keine Ahnung. Aber im Augenblick mache ich mir mehr Sorgen um dich. Komm«, sagte er und hielt sie noch fester. »Lass uns zur Straße zurückgehen.«
»Wer oder was, glaubst du, war hinter ihm her?« Finn zitterte.
»Das weiß Gott allein.«
Mikes Augen wurden ausdruckslos und verschleierten sich. Er schaute auf die See hinaus. Er hatte das unbestimmte Gefühl, dass was immer auch die Küste heimgesucht hatte nun vorbei war. Er vermied es sich vorzustellen, was mit Griffiths geschehen war, aber er war sich ziemlich sicher, dass er den Mann nicht lebend wiedersehen würde. Irgendwo in der Ferne heulte ein Hund. Möglicherweise einer von Griffiths‘ Spürhunden. Der Ton war klagend und voller Trauer. Manchmal wussten Tiere mehr als Menschen.

Mike hielt Finn fest im Arm und stützte sie auf dem schlüpfrigen Weg. Der Wind hatte sich zu einer leichten Brise gelegt und es hatte aufgehört zu regnen. Von den hohen Kiefern, die bewegungslos vor einem sich aufklarenden Himmel standen, tropfte das Wasser. Einer der Äste knarrte und unten am Strand klang das Brausen der Brandung laut in der plötzlichen Stille.

Der Weg vor ihnen machte eine Kurve und mit einem Mal standen sie oberhalb des Hafens. Mike hielt an und betrachtete die Zerstörung, die der Sturm angerichtet hatte. Die Boote, die hier vor Anker lagen, waren wie Spielzeugschiffchen in einer Badewanne durcheinandergeworfen und zum Teil zerschmettert worden. Einige der kleineren Segler, so auch die *Little Jenny*, waren an Land geschleudert worden und lagen gestrandet auf dem Trockenen, zusammen mit Tausenden und Abertausenden von Muschelschalen. Mikes Augen durchforschten das Chaos auf der Suche nach Griffiths' Jacht mit ihrem deutlich sichtbaren weißen Rumpf und der lang gestreckten, schlanken Gestalt.

»Was ist los?«

»Ich schaue mir den Hafen an.«

»Oh Mike …« Finn hatte die *Little Jenny* ausgemacht. »Es tut mir Leid …«

»Es scheint nicht allzu schlimm zu sein. Aber das meinte ich nicht. Ich suche Griffiths' Jacht. Aber ich kann sie nirgends sehen. Halt, warte …« Sein Blick wanderte aus dem Hafen zur Bucht dahinter. »Da draußen ist etwas.«

Seine scharfen Augen hatten einen Umriss im Wasser ausgemacht. Ein Schiff. Es kam mit der Breitseite voran auf die Küste zu, hilflos von einer Welle zur anderen schlingernd. Es war nicht zu erkennen, was für eine Art Schiff es war. Der Mast war gebrochen und die Deckaufbauten waren weggeschwemmt worden. Aber noch hielt es sich über Wasser, manchmal sichtbar, manchmal hinter den riesigen Wellenbergen versteckt, die auf den Strand zurollten.

»Vielleicht gibt es Überlebende.«
Mike ließ seinen Blick über die Wasseroberfläche in der Nähe des havarierten Schiffes schweifen, in der Hoffnung eine Leuchtrakete zu erkennen oder einen hellen Farbklecks – das Gelb oder Orange eines Rettungsbootes oder einer Schwimmweste. Doch er fand nicht das Geringste und so wandte er seine Aufmerksamkeit dem Strand zu. Er kniff die Augen zusammen und wünschte sich sehnlichst, er hätte ein Nachtsichtgerät, ein Fernglas oder irgendetwas, das ihm bei seiner Suche helfen könnte. Er konzentrierte sich auf alles, was einer menschlichen Gestalt ähnlich sah, aber die dunklen Schatten, die er ausmachte, waren höchstwahrscheinlich Steine, Holzplanken oder Seetang, oder irgendwelche anderen Gegenstände, die der Sturm an Land geworfen hatte.
Doch dann sah er etwas. Aus der Ferne hatte es die Form eines riesenhaften gespreizten Seesterns, daher lag die Vermutung nahe, dass es sich um einen Menschen handelte.
»Da ist mindestens eine Person.« Er reckte den Hals, um besser sehen zu können. »Vielleicht sogar mehrere …«
»Was ist mit den Rettungsdiensten? Der Küstenwache …?«
In einer Geste der Ungeduld öffnete Mike beide Arme und umfasste die vor ihnen liegende menschenleere Welt.
»Siehst du irgendjemanden?«
»Wir könnten zurück zum Haus gehen. Und anrufen …«
Er schüttelte den Kopf. »Die Telefonleitungen sind tot. Wir müssen selbst gehen. Wir müssen einfach helfen, so gut wir nur können. Wir müssen einfach, Finn. Komm schon!«
Mike rannte los. Er folgte einem lautlosen Ruf, dem uralten Gesetz der Küstenbewohner.
Finn warf einen unschlüssigen Blick in Richtung des Salzhauses, das leer und dunkel dastand, dann folgte sie Mike zum Strand.
Dort, wo der feuchte, schimmernde Sandstreifen begann, hielt sie inne. Alles war so wie in ihren Träumen: Die Luft, salzgeschwängert

und tropfnass, kratzte in ihrem Hals. Das unaufhörliche Donnern der riesigen Wellen dröhnte in ihren Ohren und pochte in ihrem Schädel. Im Brausen der Brandung hallte das Schlagen ihres Pulses und das Rauschen ihres eigenen Blutes wider. Sie sollte Mike folgen, sollte sich beeilen, um ihn einzuholen, ihre Hilfe anbieten, aber die Wahrheit war, dass sie sich nicht sicher war, ob sie das konnte …

Mike dagegen hatte keinerlei Bedenken. Ohne zu zögern rannte er über den hartgebackenen Sand. Als er sah, dass er Recht gehabt hatte, dass dort tatsächlich ein Mensch ausgestreckt am Strand lag, verdoppelte er seine Anstrengungen. Er streckte seine langen Beine und sprintete voran, so schnell er nur konnte.

Es sah aus wie ein Mann. Er lag mit dem Gesicht nach unten. Dunkle Haare, in denen sich Sandklumpen verfangen hatten, ringelten sich von seinem Kopf herab wie ineinander verschlungene Stränge von Seetang. Mike wartete einen Augenblick, um wieder zu Atem zu kommen, dann beugte er sich nieder, packte den regungslosen Körper an der Schulter und schickte sich an, ihn umzudrehen, um zu sehen, ob er noch lebte.

Mike zog mit aller Kraft, aber der Mann war schwer. Er war groß, hoch gewachsen. Seine Kleidung war klatschnass und sein lebloser Körper schien Tonnen zu wiegen. Mike hievte erneut und schaffte es diesmal, die Schultern und einen Teil des Oberkörpers vom Sand anzuheben. Das Gesicht löste sich mit einem saugenden Geräusch vom nassen Untergrund. Mikes Herz sank. Er hatte nicht viel Hoffnung. Der Hinterkopf des Mannes wirkte wie zu Brei geschlagen und bei näherer Betrachtung bemerkte Mike, dass die Kleider zerfetzt am Körper hingen und tiefe Wunden und blutige Risse und Kratzer entblößten. Dieser Mann war offensichtlich von den Wellen hin und her geschleudert worden und dabei auf die spitzen Felsen aufgeschlagen. Aber Mike gab nicht auf. Noch ein kräftiger

Zug und er würde ihn umdrehen können. Mike packte fester zu und hob den Körper an. Oftmals überlebten Verletzte die ungeheuerlichsten Wunden und es war seine Pflicht nach Lebenszeichen zu forschen.

Mit letzter Kraft wuchtete er den Körper zur Seite. Er fiel wie ein toter Krebs auf den Rücken. Der Mann schien nicht zu atmen. Mike war ziemlich sicher, dass er tot war, aber nichtsdestotrotz schluckte er einmal schwer, kniete sich dann nieder und legte seine Hand auf den Hals der Gestalt vor ihm. Dabei versuchte er nicht auf das Gesicht zu schauen, das völlig zerfetzt und bis zur Unkenntlichkeit entstellt war. Unter einer klebrigen Sandkruste stand der Mund halb offen. Die Kiefer waren gebrochen. Die Augen waren halb geschlossen. Unter den Lidern schimmerte das Weiß der Augen wie feucht glänzende, halbmondförmige Stücke von hart gekochtem Ei. In dem grau verfärbten, nassen Fleisch klafften die Wunden wie gierige Mäuler. Mike fühlte keinen Puls. Der Körper war so kalt und feucht wie der nackte Kadaver eines Huhns. Für einen Moment ließ Mike sich nach hinten auf die Fersen sinken. Ihm war plötzlich übel. Sein Atem kam in langen, abgehackten Stößen.

Er begann sich aufzurappeln, aber seine Beine zitterten. Er beugte sich vor und stützte die Hände in den Sand, um zu sich zu kommen. Dabei warf er noch einen Blick auf den Körper.

Die Augen waren offen. Dunkle, feucht glänzende Pupillen, tief wie die See, starrten ihn an. Was vom Gesicht des Mannes übrig war, verzog sich zu einem grauenhaften Grinsen. Mike stieß einen angstvollen Schrei des Erkennens aus: Er schaute in das zerschmetterte Gesicht von Mr Griffiths.

Mike sprang auf die Füße, aber eine Hand schoss vor und umklammerte sein Handgelenk. Mike schrie auf und versuchte freizukommen, aber der Griff um seinen Arm schien aus Eisen zu sein. Die Kreatur kroch nun auf allen Vieren und zerrte an ihm. Mike hatte

Mühe auf den Füßen zu bleiben. Er wurde vorwärts gezogen und er fand auf dem nassen Sand keinen Halt. Er rutschte aus. Das Ding bewegte sich wie eine Krabbe, kroch dicht über dem Boden und nahm ihn mit sich in Richtung der turmhohen Wellen, die an die Steilküste donnerten. Mike wehrte sich, kämpfte um sein Leben, aber je mehr er sich gegen die klammernden Finger sträubte, desto enger schloss sich der Griff um sein Handgelenk und biss wie stählerne Fesseln tief in sein Fleisch.

»Hilfe!«, schrie Mike so laut er konnte. »So helft mir doch!«

Seine Stimme wurde von dem hohlen Dröhnen und Tosen der Brandung verschluckt. Sturmgepeitschte Wellen türmten sich haushoch auf und krachten in einer Explosion aus Gischt nieder. Wenn ihn dieses Ding erst einmal ins Meer gezerrt hätte, wäre er dort im Strudel gefangen. Gegen den Sog der Strömung hätte er nicht die geringste Chance. Voller Abscheu blickte er in Griffiths' zerschnittenes und aufgerissenes Gesicht. Genauso würde er auch aussehen.

Mikes Schrecken und seine panischen Versuche sich freizukämpfen schienen Griffiths zu belustigen. Die Fleischfetzen an seinem Mund verzogen sich zu einem breiten Grinsen und legten zwei Reihen von Zähnen samt den Kieferknochen frei. Aus seiner Kehle drang ein seltsames Geräusch, eine Mischung zwischen einem Gurgeln und einem Kichern. Durch das Glucksen spuckte er Worte hervor.

»Jetzt kann dir keiner mehr helfen.«

24

In der Zwischenzeit kämpfte Finn mit sich selbst und versuchte ihre Angst zu überwinden. Mike kauerte über etwas, das lang gestreckt auf dem Sandstrand lag. Er hatte etwas gefunden, oder jemanden. Möglicherweise eine Leiche. Finn erschauerte. Was aber, wenn es ein Mensch war, der noch lebte? Er zog jetzt daran und mühte sich nach Kräften ab. Sie konnte nicht einfach unschlüssig hier stehen bleiben und ihm die ganze Sache allein überlassen. Was, wenn der Verletzte zu schwer für ihn war? Sie machte ein paar Schritte auf den saugenden, quatschenden Sand hinaus. Außer ihr war weit und breit niemand zu sehen. Sie musste zu ihm gehen.

Finn hatte lange Beine und war eine schnelle Läuferin. Der Sand, nass, hart und glatt gescheuert, bot ihren Füßen einen festen Untergrund. Sie rannte los und schaute nicht auf, bis sie fast an der Stelle angekommen war, an der sie Mike hatte niederknien sehen.

Als sie ihren Kopf hob, kam sie ins Stolpern und verlangsamte ihre Schritte. Anhand der Form und der Umrisse konnte sie jetzt erkennen, dass Mike tatsächlich einen menschlichen Körper gefunden hatte. Die beiden Gestalten flossen in der Dunkelheit ineinander. Zunächst dachte sie, dass Mike versuchte den Körper aufzurichten, aber irgendetwas stimmte nicht. Sie machte jetzt Bewegungen aus, die sie an ein Tauziehen erinnerten, ein ständiges Hin und Her, als würde nicht nur Mike an der anderen Gestalt ziehen. Es sah ganz so aus, als ob der schemenhafte Umriss an Mike zerren und ihn mit sich reißen würde …

Dann hörte sie ihn schreien.

Finn sprintete los, rannte noch schneller als zuvor und achtete nicht auf das Seitenstechen und den rasselnden Atem in ihrer Brust. Vor ihr schien der an Land gespülte Fremde die Oberhand zu gewinnen. Mike verlor seinen Halt und rutschte auf die Brandung zu, die unaufhörlich auf die Küste zurollte.

»Hilfe! So helft mir doch!« Der Schrei klang dünn und zerbrechlich durch das tiefkehlige Grollen der aufgewühlten See.

Mike lag nun am Boden und wurde von einer riesigen, krebsartigen Kreatur ins Meer gezogen. Erst als Finn schon nahe herangekommen war, konnte sie erkennen, dass es einst ein Mensch gewesen war. Sie wandte sich von dem grausig grinsenden Gesicht ab und blickte sich hektisch suchend nach einer Waffe um, einem Stück Treibholz oder etwas Ähnlichem, irgendetwas, womit sie dieses Ding vertreiben konnte. Aber da war nichts. Die Küste war wie blank geputzt.

Dann sah sie es: ein heller Gegenstand, der zwischen zwei schmalen Rinnsalen lag, die der Sturm zurückgelassen hatte. Die Oberfläche glänzte silbern im blassen Mondlicht. Die kleine Axt. Mike hatte sie dabeigehabt. Sie musste ihm aus der Jackentasche gefallen sein.

Finn hob sie schnell auf und rannte auf die kämpfenden Gestalten zu. Mike hatte dem Fremden nichts mehr entgegenzusetzen. Wie ein kleines, schwaches und hilfloses Kind wurde er weggeschleppt, direkt auf die Schrecken erregende, donnernde Brandung zu. Finn war seine einzige Hoffnung. Sie bemühte sich das Beil fest mit beiden Händen zu halten und trat auf die Kreatur zu. Aber sie zitterte am ganzen Körper. Ihr Arm erschauerte wie in einem Krampf und die Axt schwankte und taumelte in ihren Händen.

Das Ding hatte Mike am Handgelenk gepackt. Sie zwang sich hinzuschauen. Ihm ins Gesicht zu schauen. Erst dann dämmerte es ihr: Es war Griffiths! Oder das, was von ihm übrig geblieben war. Denn er war nicht mehr länger am Leben. Wenn jemand tatsächlich solche schrecklichen Wunden überlebte, brächte er doch auf keinen Fall die enormen Kräfte auf, die diese Kreatur an den Tag

legte. In diesem Moment wurde ihr bewusst, dass Griffiths zurückkommen würde, wenn er mit Mike fertig war. Dann würde er sie holen.
Sie stand wie angewurzelt da und konnte sich nicht mehr bewegen. Ihre Finger wurden schlaff und die Axt drohte ihr aus der gefühllosen Hand zu fallen, als plötzlich eine fremde Macht ihren Geist zu durchdringen schien. Ihr eigenes Bewusstsein floh vor dem Schrecken, der vor ihr lag, und ein anderes nahm seinen Platz ein. Fest packte sie den Griff der Axt, die sich auf einmal weich in ihre Hand schmiegte und ihr wie eine Verlängerung ihres eigenen Arms vorkam. Sie ging los, wobei sie im Gehen sorgfältig die Entfernung zwischen sich und den Kämpfenden einschätzte, und überlegte sich, wo sie zuschlagen würde. Ihre Augen fixierten eine Stelle an Griffiths' Unterarm, direkt oberhalb des Handgelenks. Sie wusste, dass sie nur einen Versuch hatte. Die Schneide war messerscharf. Sie musste ganz genau zielen, ansonsten riskierte sie, stattdessen Mikes Hand abzuschlagen.
Sie hob die Axt in die Höhe und schlug mit einer kurzen Hackbewegung zu. Der Aufprall vibrierte in ihrem Arm bis hinein in die Schulter. Es gab einen grässlichen dumpfen Knall, als die Klinge auf den Knochen traf. Mit einem Blick erkannte Finn, dass der Arm nicht vollständig vom Körper getrennt war. Er hing noch an Haut und Muskeln. Finn schlug noch einmal zu. Das Ding, das einmal Griffiths gewesen war, stieß einen gurgelnden Schrei aus. Es stolperte rückwärts auf die aufsteigende Brandungswelle zu. Aus dem Armstumpf sprudelte das Blut hervor.
Eine fürchterliche Sekunde lang hielt der eisenharte Griff um Mikes Handgelenk noch an, doch dann wurden die Finger schlaff. Die Hand löste sich und fiel zu Boden. Blut sickerte in den Sand. Finn packte Mike und zog ihn hoch. Das Wasser vor ihnen stieg zu einer massiven Wand empor. Er lehnte sich schwankend gegen sie und gemeinsam stolperten sie den Strand landeinwärts. Hinter ihnen

erreichte die Welle ihren Höhepunkt und fiel in sich zusammen, zerstob in einer Fontäne weiß schäumenden Wassers. Kieselsteine schlugen klickend gegeneinander, als die Welle sich zurückzog. Sie drehten sich um und schauten auf die zurückweichende Brandung. Von Griffiths war keine Spur zu sehen. Alles, was von ihm geblieben war, war sein Blut, das das brodelnde Wasser rot färbte.

25

Finn ließ die Axt fallen und schlang ihre Arme um Mike. Er zitterte ohne Unterlass. Sie hielt ihn fest und flüsterte ihm zu, dass alles vorbei sei, dass alles gut sei.
Danach schwiegen beide. Sie klammerten sich nur aneinander, froh und dankbar am Leben zu sein und die tödliche Gefahr heil überstanden zu haben. Finn konnte kaum fassen, wie teuer ihr Mike plötzlich war.
Es gab keine Worte, die hätten ausdrücken können, was Mike empfand. Er hatte noch nie zuvor so gefühlt. Er war erfüllt von Bewunderung für Finns Tapferkeit, ihren kühlen Kopf und voller Dankbarkeit für das, was sie getan hatte. Er hatte ihr sein Leben zu verdanken. Tränen glitzerten auf seinen Wimpern und er drückte sie noch fester an sich. Er zitterte am ganzen Leib. Schock und Liebe haben manchmal ähnliche Auswirkungen.

Der Sturm hatte sich völlig gelegt. Es ging kein Wind mehr. Kein Laut war zu hören, nur das gleichmäßige Rauschen des Meeres. Mike und Finn gingen zurück zum Salzhaus und fanden es genauso vor, wie sie es verlassen hatten. Alles war dunkel. Niemand war zu Hause. Vom Dach hingen die Fetzen der Plastikplanen. Auf dem Küchentisch stand eine batteriebetriebene Lampe, die Mike als Eigentum seines Onkels erkannte, die er für Notfälle im Kofferraum seines Wagens aufbewahrte. Finns Nachricht war verschwunden. Also war ihre Mutter zurückgekommen, hatte den Zettel gefunden und war hinunter zur *Schmugglerstube* gegangen.

»Du bist klatschnass«, sagte Mike, während er die Lampe anknipste. »Du musst dich unbedingt abtrocknen und was Trockenes anziehen.«
»Wie geht's deiner Hand?«
»Sie tut nicht mehr weh, aber …«
Mit gespreizten Fingern streckte er ihr seine Hand entgegen. Das sternförmige Muster war blasser geworden, aber immer noch sichtbar. Es würde niemals völlig verschwinden. Zarte Spuren würden zurückbleiben, um ihn an diese Nacht und ihre Ereignisse zu erinnern.
»Du armer Kerl.« Finn nahm seine Hand und führte sie an ihre Lippen.
»Komm schon«, sagte er mit rauer Stimme. »Du wirst dir noch den Tod holen, wenn du weiter so hier rumstehst. Zieh dir endlich was Trockenes an.«
»Was ist mit dir?«
»Ich stecke meine Sachen in den Trockner.«
»Kein Strom.«
»Ach ja.« Er lachte und strich ihr die Haare aus dem Gesicht. »Hab ich ganz vergessen.«
Er legte wieder seine Arme um sie und küsste sie. Sein Gesicht war kalt, aber seine Lippen waren warm und schmeckten nach Salz.
»Du kannst was von mir anziehen«, murmelte Finn. »Lass uns nach oben gehen und nachschauen, was dir passt.«
In der *Schmugglerstube* empfing sie Gelächter und lautes Stimmengewirr. Auf jedem Tisch standen Kerzen und das halbe Dorf war da. Die Atmosphäre war fröhlich und gelöst.
»Wo wart ihr zwei denn bloß?«, fragte Maggie Logan, als Finn und Mike eintraten.
»Oben auf der Landspitze«, erklärte Mike. »Wir wollten sehen, wie es mit dem Tanker steht. Mein Dad ist an Bord.« Er wandte sich zu seinem Onkel. »Gibt's was Neues?«

Jack Treherne schüttelte den Kopf. »Ich wollte gerade zum Hafenmeister gehen, um zu fragen, was los ist. Willst du mitkommen?«

»Ja.« Mike hielt Finns Hand noch einen Moment fest, dann ließ er sie los. »Wir sehen uns später.«

Maggie beobachtete die beiden mit erhobenen Augenbrauen. Ihr war der Blick zwischen Mike und ihrer Tochter nicht entgangen. Wann war das denn passiert? Ganz plötzlich schien sich ihre Beziehung von schnippischem Missfallen in ewigliche Leidenschaft verwandelt zu haben. Sie lächelte. So etwas geschah manchmal, wenn man jung war.

»Warum lachst du?«

»Ach, nichts.« Maggie schaute ihre Tochter an. »Ist alles in Ordnung mit dir?«

»Ja, sicher. Warum fragst du?«

»Ich weiß nicht. Du siehst … anders aus.« Ihre Mutter drehte das Glas zwischen ihren Händen hin und her. »Wenn du mir die Frage gestattest – warum hat Mike deine Klamotten an?«

»Oh.« Darauf war Finn vorbereitet. »Wir sind zum Hafen gegangen, weil Mike nach der *Little Jenny* schauen wollte. Auf dem Weg dorthin sind wir durch die Gischt klatschnass geworden, deshalb sind wir zum Haus zurückgekehrt. Mike hatte keine trockenen Sachen dabei und so habe ich ihm welche von mir geliehen. Die Hosen sind zwar ein bisschen kurz, aber sonst …«

»Ich verstehe.«

»Was ist mit dir?« Finn erwiderte den Blick ihrer Mutter. »Wie ist deine Verabredung gelaufen? Hast du dich gut amüsiert?«

»Großartig. Bis der Sturm uns den Abend verdorben hat. Als wir zurückkamen und ich das Haus verlassen vorfand, habe ich fast einen Anfall bekommen.« Maggie lächelte verlegen. »Nein. Ich habe tatsächlich einen Anfall bekommen. Gott sei Dank war Jack bei mir.«

»Ich wusste, dass du dir Sorgen machen würdest, aber ich hatte keine Ahnung, was ich sonst hätte machen sollen. Der Strom fiel aus und ich dachte, der Sturm würde das Haus in Stücke reißen. Mike schlug vor hierher zu kommen, weil es ihm sicherer erschien. Du weißt schon, wegen des Daches.«

»Das haben wir uns schon gedacht. Es war eine gute Idee.«

»Geht's den Jungs gut?«

»Prächtig. Sie schlafen bei Nerys' Söhnen. Die vier haben sich wunderbar verstanden, als wir hier eintrafen. Sie sind alle mehr oder weniger im selben Alter.«

»Das ist toll.«

»Ja, nicht wahr? Aidan schließt ja normalerweise nicht so schnell Freundschaften und Conn ist … nun ja, ein wenig streitsüchtig. Es wäre so schön, wenn sie hier Freunde finden würden.«

»Mach mal halblang«, lachte Finn. »Die vier kennen sich ja erst seit ein paar Stunden. Aidie und Conn haben noch jede Menge Zeit, sich daneben zu benehmen. Außerdem – warum ist das so wichtig? Wir bleiben doch nicht ewig hier …« Finn sah auf. Die Kerze flackerte und sie versuchte im Gesicht ihrer Mutter zu lesen. »Oder doch?«

»Ich habe daran gedacht.« Maggie warf ihre Haare zurück. Ihre Augen glänzten vor Begeisterung. »Es gibt nichts, was uns zu Hause noch hält. Du bist bald mit der Schule fertig und Conn kommt demnächst in die Oberstufe. Was Aidan betrifft – nun, der mag seine Schule sowieso nicht. Ich wollte auch nicht ewig in unserem Haus bleiben, nicht nachdem euer Vater gegangen war. Nur so lange, bis sich die Lage etwas beruhigt hatte. Und das ist, denke ich, nun der Fall.«

»Seit wann? Das kommt alles ziemlich plötzlich.«

»Nicht wirklich. Ich denke schon seit einiger Zeit darüber nach.«

»Du hast kein Wort gesagt.«

Ihre Mutter zuckte mit den Schultern. »Ich wollte erst ganz sicher sein.«

»Und das bist du jetzt?«

»Ich denke schon. Was hältst du davon? Hier zu bleiben, meine ich. Würde es dir etwas ausmachen? Wenn das so wäre, käme es nämlich überhaupt nicht in Frage …«

»Nein, Mum.« Finn legte ihre Hand über die ihrer Mutter. »Ich halte es für eine sehr gute Idee.«

»Was ist mit den Jungs?«

»Die sind dabei, verlass dich drauf.«

»Oh, Finn. Ich bin so froh, dass du so über die Sache denkst.« Ihre Mutter strahlte über das ganze Gesicht. »Mit ein bisschen Glück kann ich sogar unterrichten und Nerys und Jack meinen, dass die Schulen hier sehr gut sind. Dir und den Jungs würde also kein Nachteil daraus entstehen. Ach, Finn, ich fühle mich hier so energiegeladen.« Sie nahm ihre Tochter bei der Hand. »Du wirst es nicht glauben, aber möglicherweise fange ich wieder mit meiner Arbeit an. Mit der Malerei. So gut habe ich mich seit Jahren nicht mehr gefühlt.«

»Wo werden wir wohnen?«

»Im Salzhaus, natürlich. Carole will mir das Haus für eine geringe Miete überlassen. Möglicherweise verkauft sie es mir sogar. In der Zwischenzeit werden wir hier bleiben, bis die Reparaturen erledigt sind …«

»Okay.« Finn stand auf. »Gut zu wissen. Welches ist mein Zimmer? Ich werde jetzt nämlich nach oben gehen, ich bin hundemüde.«

»Erster Stock, zweite Tür rechts. Nerys wird es dir zeigen. Und Finn?«

»Ja?« Finn wandte sich wieder ihrer Mutter zu.

»Du hättest es viel schlechter treffen können. Mike ist wirklich ein toller Kerl.«

26

Am nächsten Morgen brachte Nerys die Zeitung aus dem Postbüro mit.

Ökologische Katastrophe nur knapp verhindert

Letzte Nacht trieb der Supertanker Sea Monarch, *der 130.000 Tonnen Rohöl von den Ölplattformen vor Aberdeen nach Danford Haven transportierte, nur wenige Meter an einer ökologischen Katastrophe vorbei, die für eine der vielfältigsten Naturlandschaften Europas unvorstellbare Folgen gehabt hätte. Die Umweltbehörden wurden alarmiert, als bekannt wurde, dass das Schiff bei stürmischem Wind und schwerer See auf die Vipern zusteuerte, ein weithin bekanntes und berüchtigtes Riff, das die Seefahrt vor Druid's Head zu einer Gefahr werden lässt. Dabei lief die* Sea Monarch *beinahe auf Grund.*

Unbestätigten Meldungen zufolge hatte der Tanker, der mit einer russischen Mannschaft unter liberianischer Flagge fährt, Probleme mit der Steuerung und einen Ausfall mehrerer elektronischer Instrumente. Ein Sprecher des Hafenmeisters sagte, dass es zu früh für eine endgültige Aussage sei, dass aber scheinbar Treibstoffmangel und Steuerprobleme in Verbindung mit einem defekten Radar und gefährlichem Wetter zu einer Situation geführt hatte, wie er sie noch nie erlebt habe. Sein ausdrückliches Lob galt dem Lotsen, Mr David Treherne, dessen Urteilsvermögen und Kompetenz die Lage gerettet habe.

Mr Treherne dagegen behauptet, er habe nur seine Arbeit getan.
In diesen Gewässern hat es in jüngster Zeit mehrere Havarien gegeben und die Küstenlinie ist schon des Öfteren nur knapp einem Desaster entgangen. Die Meeresflora und -fauna ist außerordentlich vielfältig. Hier leben einige seltene Spezies, darunter eine Kolonie von Schweinswalen, die größte Kolonie der gesamten britischen Inseln. Die Küste bietet einer halben Million Seevögeln Heimat und Brutstätte, genauso wie unzähligen Exemplaren der Grauen Robbe. Nach den jüngsten Ereignissen um die Sea Monarch, *die einem Schiffbruch nur in letzter Sekunde entkommen konnte, wird einmal mehr der Ruf nach neuen Sicherheitsbestimmungen laut, mit denen der Transport gefährlicher Frachten in sensiblen und schützenswerten Ökosystemen strenger geregelt werden soll.*

»Hallo. Wie geht's dir?« Mike kam herein, als Finn gerade frühstückte und dabei die Zeitung las.
»Gut, denke ich.«
»Konntest du schlafen?«
»Ja.« Finn sah nachdenklich aus, als überlegte sie, ob das der Wahrheit entsprach. »Ja, doch, habe ich. Ich bin übrigens froh, dass es deinem Dad gut geht«, fügte sie hinzu und nickte mit dem Kopf in Richtung der Zeitung, die offen auf dem Tisch lag.
»Ich auch.« Mike grinste. »Aber es war knapp, das kann man wohl sagen!«
»Ich habe nachgedacht. Wegen gestern Nacht …«
»Über was?« Vielleicht hatte sie ihre Meinung geändert. Vielleicht empfand sie nicht so wie er. Sein Lächeln erlosch.
»Nicht das.« Finn nahm seine Hand. »Über Griffiths. Hast du irgendetwas gesagt?«

Mike schüttelte den Kopf und warf einen warnenden Blick zur Küche hin. Nerys hatte Ohren wie ein Luchs. Es gab nicht viel, was ihr entging.

»Komisch, dass ihr gerade von ihm redet«, sagte sie, während sie geschäftig durch die Tür kam. »Jim ist eben mit seiner Post zurückgekommen. Hat erzählt, dass sein Haus völlig verlassen ist. Offene Türen. Heulende Hunde, 'ne Schande, wie er die Tiere hält, ständig im Zwinger, so große Hunde. Die brauchen Auslauf. Jim sagt, da oben sieht's schrecklich aus. Als hätte 'ne Bombe eingeschlagen. Der Himmel weiß, was da passiert ist. Er hat die Polizei gerufen. Möchtest du noch was haben?«

Finn schüttelte ihren Kopf und schob den Teller zur Seite.

»Du solltest aufessen, so dünn wie du bist. Mike?«

»Ich habe schon gegessen, danke.«

Vor einer Minute war er noch am Verhungern gewesen, aber die Erinnerung an Griffiths, wie er ihn letzte Nacht gesehen hatte, verdarb ihm den Appetit.

Griffiths' Leiche wurde nie gefunden. Der einzige Hinweis auf seinen Verbleib war das Boot, das aus dem Hafen verschwunden war, und einige Trümmer, die in die Bucht gespült und als Teile von Griffiths' Jacht identifiziert wurden. Er war mit seinem Boot hinausgefahren, so jedenfalls lautete die offizielle Erklärung, möglicherweise, um es in einen sichereren Hafen zu bringen. Dabei war er vom Sturm überrascht worden und nicht mehr in der Lage gewesen, aus der gefährlichen Bucht herauszusteuern. Warum allerdings er so etwas Närrisches bei einem derart gefährlichen Seegang und in einem solchen Sturm unternommen hatte, konnte niemand beantworten. Und die Zerstörung seines Hauses war noch schwieriger zu erklären. Einbruch und Raub lagen nahe, doch nichts wies darauf hin. Es war ja nichts gestohlen worden. Es sah aus wie mutwillige Zerstörung, doch es wurden nur Griffiths' eigene Fingerabdrücke gefunden. Er selbst musste derjenige gewesen sein, der das Haus so demoliert hatte. Aber welcher Mann würde so etwas tun? Derselbe Mann, der mit seinem Boot bei Windstärke zehn aufs Meer hinausfährt, behaupteten die Einheimischen, und die Polizei war nur zu gerne bereit zuzustimmen. Welche andere Erklärung konnte es auch geben?

Die Inspektoren der Küstenwache und die örtlichen Polizeibeamten gaben sich damit zufrieden. Finn und Mike waren sich einig, dass sie niemals jemandem erzählen würden, was sie in jener Nacht erlebt hatten. Wenn irgendjemand im Dorf eine Ahnung haben mochte, dass es sich anders als in der offiziellen Version dargestellt abgespielt hatte, hielt er jedenfalls den Mund. Die See hat sich wieder einen geholt, sagte man. Schließlich errichtete man einen Gedenkstein auf dem Friedhof, bezahlt aus dem Erlös des Verkaufs von Griffiths' Besitz. Er war aus einfachem Granit, und nur sein Name und das Datum seines Verschwindens waren darin eingemeißelt. Er stand am nördlichen Ende des Friedhofs, direkt neben dem Rest seiner Sippe.

Maggie, Finn, Conn und Aidan blieben in der *Schmugglerstube*, bis das Salzhaus wiederhergestellt war. Finn hatte ein mulmiges Gefühl bei dem Gedanken wieder in das Haus zu ziehen, sie fürchtete sich regelrecht davor, doch ihre Sorge war unbegründet. In dem Moment, in dem sie über die Schwelle trat, wusste sie, dass sich etwas verändert hatte. Es lag nicht nur an dem neuen Dach oder an dem Geruch der frischen Farbe und dem aromatischen Duft von Holz. Die ganze Atmosphäre war leichter und heller, so als wäre das Haus gereinigt und von etwas befreit worden. Ihre Nächte verliefen von nun an ungestört. Die Geister waren von der Küste verschwunden und sie würden nie mehr zurückkommen. Ihre Träume waren nicht länger dunkel und beängstigend, sondern friedlich und süß.

Jack verbrachte viel Zeit bei ihnen. Er und ihre Mutter hatten vor, die Nebengebäude in ein Atelier umzubauen. Er kam fast jeden Tag nach der Arbeit vorbei, um ihr zu helfen, blieb zum Abendessen und trank oft noch eine Flasche Wein mit ihr. Man konnte es einen Freundschaftsdienst nennen, doch die Art, wie er sie ansah, verriet eher Liebe als Freundschaft.
Finn hatte nichts dagegen. Im Gegenteil, sie war froh darüber. Er war ein netter Kerl und ihre Mutter verdiente es glücklich zu sein. Selbst ihre Brüder freundeten sich mit dem Gedanken an, denn auch sie mochten Jack. Außerdem redeten sie im Moment über nichts anderes als über Angeln, Segeln und Surfen – und ihm gehörte der Laden in der Stadt.
Die meiste Zeit verbrachten sie mit Bryn und Huw, Nerys' Söhnen, und Finn konnte den Rest des Sommers ungestört mit Mike verbringen.

Im Herbst ging Conn im Dorf zur Schule und Aidan besuchte die Gesamtschule in der Stadt. Beide lebten sich schnell ein und fühlten sich scheinbar wohl. Maggie Logan bekam eine Teilzeitstelle an der städtischen Kunsthochschule, die nach Weihnachten in eine volle Stelle umgewandelt werden würde. Sie war immer noch mit Jack zusammen. Ihre Beziehung hatte zwar ein wenig den Reiz des Neuen verloren, dafür war eine dauerhafte Wärme entstanden.
Und Finn? Sie bereitete sich auf dem Gymnasium für das Abitur vor. Es gefiel ihr dort ganz gut. Das Kursangebot lag ihr und die anderen Schüler waren in Ordnung. Sie hatte auch schon ein paar Freunde gefunden und zog sich nicht länger in ihr Schneckenhaus zurück.
Jede Woche bekam sie eine Postkarte. Sie hatte schon eine ganze Sammlung, die sie zu einer Collage an der Wand über ihrem Bett geklebt hatte. Sie kamen von überall und berichteten ihr von Meer und Brandung in Mexiko, Kalifornien, Hawaii und Neuseeland.

Mike hatte immer noch die Hälfte der Erdkugel vor sich, aber wenn er zurückkam, würde Finn immer noch hier sein. Sie würde auf ihn warten.

Danksagung

Mein Dank gilt Cristine und Julia für ihre gute, walisische Art der Unterstützung, Penny und Phil aus Devon und John Bowers, der mir sein Buch geliehen hat.

Die Autorin

Celia Rees wurde 1949 in Solihull, England, geboren und lebt heute in Warwickshire. Sie studierte Geschichte und Politik und war viele Jahre lang als Lehrerin tätig. Ihr erster Roman erschien 1993. Seither hat sie mehrere Bücher für Kinder und Jugendliche veröffentlicht. In Deutschland hat sie sich mit ihren Büchern *Hexenkind* und *Hexenschwestern* einen Namen gemacht.